华文微经典

中国微型小说学会
世界华文微型小说研究会
主持

东　瑞

转角照相馆

四川出版集团　四川文艺出版社

图书在版编目（CIP）数据

转角照相馆 ／（中国香港）东瑞著 . —— 成都：四川文
艺出版社 ,2013.2
（华文微经典）
ISBN 978-7-5411-3662-7

Ⅰ．①转… Ⅱ．①东… Ⅲ．①小小说－小说集－中国
－当代 Ⅳ．① I247.8

中国版本图书馆 CIP 数据核字（2013）第 031608 号

华文微经典
HUAWEN WEI JINGDIAN

[世界华文微型小说经典]

转 角 照 相 馆
ZHUANJIAO ZHAOXIANGGUAN

[中国香港] 东瑞 著

选题策划	时上悦读
责任编辑	王 冉
封面设计	所以设计馆

出版发行	四川出版集团 四川文艺出版社	
社　　址	四川省成都市槐树街 2 号	
网　　址	www.scwys.com	
电　　话	028-86259285（发行部）	028-86259303（编辑部）
传　　真	028-86259306	
读者服务	028-86259293	

印　　刷	北京山华苑印刷有限责任公司
开　　本	650mm×920mm　1/16
印　　张	13
字　　数	120 千
版　　次	2013 年 4 月第一版
印　　次	2014 年 1 月第二次印刷
书　　号	ISBN 978-7-5411-3662-7
定　　价	35.00 元

作者简介

    东瑞，原名黄东涛，现任香港华文微型小说学会会长，香港儿童文艺协会会长，香港作家协会秘书长，香港华侨大学校友会名誉会长、客座教授，世界华文微型小说研究会副会长，印度尼西亚华文作家协会海外顾问，中国文化院兼《中华文化》杂志顾问等。著作有《天使的约定》《为何我们再次相遇》《小站》《边饮咖啡边谈文学》《似水流年》《迷城》《失落的珍珠》《雨中寻书》《留在记忆里》《相逢未必能相见》《我看香港文学》《艺术感觉》《晨梦夕录》《校园侦破事件簿》等近130种。

前言

　　有人曾说，地不分东西南北，凡有人类生活的地方，就有华人的身影。话虽有玩笑的成分，但当前华人遍布世界各地，却也是不争的事实。扎根世界各地的炎黄子孙，他们的生活状况如何？他们的情感世界怎样？他们的所思所想何在？……要找到这些答案，阅读他们以母语写下的文字无疑是最好的方法之一。诚然，并不是有华人的地方就有华文创作，但在一些主要的国家和地区，华文创作几十上百年来一直薪火相传所结出的果实，显然也是令人瞩目的。遗憾的是，因为多种原因，国内的读者多年来对海外的华文创作了解甚少。尤其对广布世界各地的华文微型小说这一重要且具代表性的文体，更只是偶窥一斑而不见全貌。"华文微经典"丛书的出版，可谓弥补了这一缺憾。

　　海外的华文微型小说创作，主要分为东南亚和美澳日欧两大板块。两大板块中，又以东南亚的创作最为积极活跃，成果也更为突出。东南亚华文微型小说创作兴起于二十世纪八十年代初，各国在时间上又略有先后。最早开始有意识地从事微型小说的创作，并且有意识地对这一新文体进行探索、总结和研究，而且创作数量喜人、作品质量达到了一定艺术高度的，是新加坡和马来西亚；稍后于新加坡和马来西亚的是泰国，再后是菲律宾和文莱，再后是印度尼西亚。在发展过程中，各国的创作曾一度因具体的历史原因而存在较大的差距，但这一状况在近十年来正日益得到改善。

美澳日欧板块则因创作者相对分散，在力量的聚集上略逊于东南亚板块。不过网络的发展正在弥补这一缺憾，例如新移民作家利用网络平台对散居各地的创作进行整合，就已显现出聚合的成效。

新移民的创作是海外华文微型小说创作中近十多年来涌现出的一股新力量。尤其是近年来随着作家对当地文化和生活的日渐融入，其创作已日渐呈现出新视野，题材表现也开始渐渐与大陆生活经验拉开了距离，具有了海外写作的特质。

以上是对海外华文微型小说发展的一个简单梳理，而"华文微经典"丛书的出版，正是对这一梳理的具体呈现（为避免有遗珠之憾，丛书也将有别于中国内地写作的港澳地区的华文微型小说写作归入其中）。通过系统、全面、集中的出版，读者不仅可以得见世界范围内华文微型小说创作风姿多样的全貌，更可从中了解世界各地华人的文化与生活状况，感受他们浓郁的文化乡愁，体察他们坚实的社会良知，深入他们博大的人文关怀，触摸他们孜孜不懈的艺术追求。书籍的出版是为了文化和文明的传播与传承，我们希望这一套丛书能实现一些文化担当。我们有太长的时间忽略了对他们的关注，现在是校正这种偏差的时候了。这也正是丛书出版的意义和价值之所在吧。

目录

金厕所和半世纪唐楼······1

变身为蜘蛛女侠的主妇······5

生死时速······10

穷夫妇，富夫妇······14

大奖······17

飞机上的艺术家······22

臭耳人阿王······25

走进书店······29

回眸······33

为你留灯······36

弃将······41

严罚······43

我不会让他知道……46

先上车，后买票……49

包装……52

证据……55

入场　……60

秋风初起……63

爱在全场灯灭时……67

骨灰……70

肉气球……74

天堂餐厅……78

婚纱……81

转角照相馆……84

十三吉祥……89

孩子和进餐……94

最暖的衣服……96

已被录取……98

大商场外的小摊档……100

不同的嘉宾……102

爱的方式……104

大男孩的泪······106

三十元与五元的故事······109

放下即轻松······112

名牌皮······114

总统的宝座······118

面包里的苍蝇······122

走出去，走进来······126

归家······129

逛店巡园随记······133

苹果······138

前世今生······142

舞伴······146

古迹······149

真珠外套······153

猩猩······156

老伴······159

几度烛光······162

长发为君留（现代版）······164

逃出地狱门······167

魂魄······170

故地······174

老家······177

一双绣花鞋······180

八号风球下······184

附录······187

金厕所和半世纪唐楼

　　李成今天上班，见到公司厕所的装修完成了八成，喜滋滋地想："再过一个多星期，门市部的这个金厕所一旦完工、对外开放，必然是客似云来、门庭若市，进珠宝店的顾客肯定会增加几倍。公司的生意向上翻几番的话，老板应允的年底加薪许诺也就会实现。"想到此，李成不禁乐得笑出声来。换上公司制服，冲杯咖啡呷了两口，就到一号柜台。美莉早在岗位上，手上抓着一张报纸看得入神。上午十一点的光景，店铺刚开门，不会有什么人来。美莉指着报纸全版大广告，李成看了一眼，赫然是自己公司"金厕所"的宣传广告。他吐了吐舌头："哇！这要多少钱！"美莉说："全港就数这家报纸广告费最贵！"李成问："多少？"美莉说："我估计没有十万，也要七八万吧！"李成又吓了一跳，心想公司提薪一年仅一次。每次都只是几百元而已；而宣传金厕所，却那么舍得，用最大的手笔！美莉继续说道："上次我老爸去世，讣闻登在报屁股，只有半个巴掌大，就要六七千块。"李成说："接连刊了一个多星期呢。"美莉说："黄金假期马上就到。那时外地游客多，这儿的金厕所会被作为重要的参观景点，不知会带来多少生意……"

下班了。李成照例到只有约五分钟路程的街市买菜和鱼，带回家，交给母亲。

母亲虽然身体还硬朗健康，就是为住屋的问题担忧，每天唠叨个不停："阿成！今天还是没消息？听说住客要联名写信给……"李成摇摇头："报纸都报道了，看来不会那么快。""报道？怎么说？""还不是说，整修、拆迁或是整修后作为半世纪前的旧唐楼，供人参观，上头还是意见不统一，争论不休。"母亲摇摇头不屑地道："有什么好参观的，那么残破。我宁愿拆迁，安排我们到政府公屋住。每天上下楼梯爬动，辛苦倒没什么，墙上已出现好几道很大的裂痕，台风八号来时整栋楼感觉都在摇动，才最叫人感到恐怖！"

吃过晚饭，李成下楼到药房为母亲买胶贴。她切菜时伤到手。这一区很方便，上班、街市、超市、住家都只有几步远。他任职的珠宝店就毗邻他所住的、高达六层却无电梯的唐楼。只是珠宝店位于新落成的商场大厦，六层唐楼孤独地矗立着，像上世纪遗留下来的孤独寂寞老人，辛苦地支撑着，不知哪一天会突然倒下去。夜晚，唐楼那些变形的窗户透出暗淡的黄光，有几户窗外架着的长竹竿，晾着的睡衣花裤正在夜风中飘动。他看到六楼窗户母亲的身影。望着旧楼，不知怎的，有一种恐怖感袭上心头。

一星期后，也许听到这唐楼住客的意见多了，唐楼内开始有三三两两的权威人士来调查和登记。户外，街头行人看到唐楼外墙开始有好几支粗大的铁支架着，但久久再也不见动静。

半个月后的黄金假期，是珠宝店职员最感兴奋的一串日子。耗费巨资的金厕所终于完工。老板择吉日特邀名流富豪来剪彩后，当日就开放给公众参观了。适逢这一天是游客到香港的高峰期，珠宝店被挤得水泄不通。一般游客进来都是成团成团的，其中有不少是大豪客，一出手就很惊人，几万元已是小意思，最豪迈的是几十万元交易。金价高涨，几十万也看不到多少东西。进来的顾客都要先参观金厕所，看得眉飞色舞，啧啧啧声远远近近不绝于耳；也必然要在门市选购一番，生意好得不得了呀。每个职员都眉开眼笑，每个顾客都满载而归。

一个星期内，珠宝店都是处于"金厕所"的效应中。摸摸那些"如假包换"的冲水马桶盖子，沾染一些"金气"，都被认为很有福气。最值得一提的是老板还别开生面，搞大抽奖，幸运儿只有一票，允许他在特定日期时间入内放"金色炸弹"，据说"金桶收金蛋"，身价无比高贵云云。

热潮并非一阵风，过后就静下来。几个月来，因为珠宝

3

店设有千万元打造的金厕所作为生意招牌，海内外的游客都闻风而至，生意保持相当的高额。

中午轮休，李成和美莉到马路对面的茶餐厅吃午饭。望着那浑身铁架架着的六层唐楼，美莉问："通知搬迁？"李成说："不知道。"

那一天正好是金厕所开放一个月，也是出粮日（领薪日）吧，老板决定为全店员工颁发奖金，李成领到五千元。从老板办公室走出来时，就听到轰隆隆一阵巨响，店铺地面突然强烈地震动，全店的人以为地震发生，都惊慌失措、争先恐后地从店内跑到人行道，看看发生了什么。李成也不例外，在人行道上左右张望。

刚领了奖金、浑身兴奋得热血沸腾的李成，血液即刻迅速凝结为冰。

他看到，自己家所在的唐楼，整栋楼在几秒之间全塌下来，成为一堆废墟，情状极为恐怖，瓦砾中仿佛听到小狗的凄惨呼声，而废墟堆积如小山，一片死寂。李成在刹那间心脏几乎停止了跳动。

变身为蜘蛛女侠的主妇

那一天上午十点，香港九龙一个码头聚满了人。黑压压的人头涌动着，都朝着远方一座大厦指指点点，不知在看什么。刚刚抵达码头的乘客，下船上岸，见到许多人脖子拉长了，在仰望前面的高楼，不知在看什么，也停下来张望。

终于看到了，在大厦群的一栋大厦外墙上，有一个黑点在慢慢移动，好像是一个人！

观众似乎不大满足，一呼百应，突然争先恐后地向前方拥去，想近距离地看究竟是怎么一回事。

地面上的观众终于看清了，原来二十几楼的外墙上，有一个穿红衣套黑色背心的女子，好像蜘蛛侠一样，黏附在外墙上，做出一个很惊险又高难度的动作，一只手伸向冷气机，好像在盛什么……

"蜘蛛女侠！蜘蛛女侠！蜘蛛女侠！"看众惊喜得不约而同地呼叫起来。

前一阵子，在某栋大厦的某个单位内，一对夫妻有如下对白：

"岂有此理！证据！要证据！证据怎么取！"何太太摇摇头。体态娇小的她，大发牢骚；何先生更是一肚子火："我们怎么这么倒霉。楼下的住客向管理处投诉，说我们的冷气机滴水了，滴到他们的冷气机上，滴答声害到他们一夜没有睡好觉！我们就乖乖地叫人修，师傅说机器太老了，我们就乖乖地换了一部，一花就是三千块！""谁叫我们是标准住客！""好了！现在轮到我们被上面住客的冷气机滴水，吵得我们没有清梦做。去投诉，就说要有证据！要取到证据！这太不公平了呀！""昨天早上八时，你上班之后，我把管理员叫上来听和看，我就说，你们听，你们看，那不是上面滴下来的水吗？""他们怎么说？""他们说，滴水也许是更高层住户的。你怎么证明水就是从上一层住户的冷气机滴出来的！我把你拍的滴水照片给他们看，他们也这么说！""我明白了，他们要实物，就是要把滴水装在一个瓶子里，而且，要把他们的整个窗口拍摄下来。每一户的窗口都有特征嘛。简直要投诉者去做蜘蛛侠嘛！"这时，何氏夫妻你一言我一语，越说越怒火中烧。何先生恶狠狠骂道："他们欺软怕硬！"何太太怒冲冲吼叫："我就做蜘蛛侠给你们看，收拾你们！"

"你要做蜘蛛侠？"何先生吃了一惊，"不是开玩笑吧！

为争一口气而把命送掉好不值得呀！"妻子道："我就做蜘蛛侠取证据给他们看！"

大约有半个月光景，何太太在丈夫上班后，每天下午就到"体能特别训练室"学习"蜘蛛贴黏功"，按中国人的叫法，就是所谓的"壁虎功"了。那训练的地方在郊外，场地很大，有一堵好高的水泥墙，四五层楼高。上面有模拟的窗户、水管、晾衣架等杂七杂八的东西。何太太的师傅是蜘蛛侠电影主角的女弟子，身手敏捷灵活，她的学生有七八名，有男有女，她教着他们如何借助外墙的突出部分攀爬一堵墙。只要掌握了其中窍门，哪怕一百零八层高的耸天大厦也只是小儿科而已。最后阶段，还教她们如何在高空作业，包括拍照、跃窗、飞落、倒立等，还让她们穿上浑身外皮胶黏度极强的"红色＋黑色"蜘蛛衣，练习攀爬高墙。十五天的"速成班"显然很见效，何太太以平均一百满分的优秀成绩结业。

"明天你请假一天，看我做蜘蛛侠，取得证据！"礼拜天的夜晚，她对丈夫这么说时，老公还以为她开玩笑。第二天清晨一起身，见到老婆换上黑红两色蜘蛛侠的套装，飒爽英姿，吓了一跳。"你放心的话就留在屋里，等我从外墙爬上来；如果不放心，就跟着我下楼，看我怎样变成一个蜘蛛侠！"何先生半信半疑，就跟着妻子下楼去了。

"你有绝对把握，不会闹出什么问题吧？"丈夫担心地问，"为了滴水的事，把命送掉太不值得！"妻子道："不会有事的，你待会就在楼下放心看，看我的了！"

码头前的空地正好是大厦建筑群的后面，平时如果渡轮未到，行人无几。

走着走着，说时迟，那时快，丈夫一个不留神，见到妻子忽然出其不意地一跳就像一只巨型雌壁虎，跳上了一楼的窗户之上。何先生还没弄清状况，妻子已迅速地蹿到三楼的外墙上了。

此时，刚好有船靠岸，吐出大批乘客，他们也许看到了，马上驻足，一时间引来很多人观看，他们惊喜地发出"哗""哗""哗"之声。

也许有人认为太惊险，马上打电话给警察。没一会儿，警笛声由远及近，停泊在大厦后的空地上。也许是警笛效应，马上引来更多的看客。

蜘蛛女侠终于爬到了他们单位那一层的上一层，即滴水的那个单位。她手抓瓶子，在滴水的位置，伸出那瓶子来装，又迅速地拍了照，连窗帘、滴水都一起拍下来了。地面上的观众看得傻傻的，何先生也望得傻傻的。

"您呼叫您老婆赶快下来，否则会以盗窃罪告她！"一个警察突然出现在何先生一侧。何先生听了一时头大了，打个电话与蜘蛛侠老婆商量，如此这般。

"你们和管理处的人勾结，欺软怕硬，令她心情很差，准备自杀！"何先生说，"你们赶快准备棉花大软垫吧！"

原来警车就停在附近，也早备了大软垫。

七八个警员拉住软垫的四角，对准蜘蛛女侠的位置，拼命拉开了。

附在十几楼上的蜘蛛女侠一个急转身，伸开双臂，像飞鸟般飞下，姿态从容美妙。人们看到，她一手抓瓶子，一手抓相机，露出胜利的表情。

次日各大报以最大标题报道了主妇变"蜘蛛女侠"成功取证的惊人新闻。

生死时速

    他和他并不认识；他和他相同的是，年轻时代都曾是一千米长跑冠军。

    谁也没想到英雄有用武的一天，是以生死时速恶斗一场。

    为方便叙述，他，我们称"冠军"；他，我们称"第一"。

    冠军五十五岁，退休后因歌喉太好，喜欢表现，又在各种场合的卡拉 OK 比赛中夺奖无数，自然而然成了青湾区"街头冠军音乐队"的主力。这一天，队员中弹吉他的、拉二胡的、吹笛子的、打鼓的、敲锣的、吹口琴的……开过会，决定选址于附近的青威公园大展拳脚，作为他们业余娱乐的场所。这个地点，除了一两个小型屋邨的几栋大厦之外，四周环山，真是他们发挥艺术才华的好天地。退休之后的日子，因为每天上午八时和傍晚六时两次的"发泄"而致心情万分舒畅。

尤其是冠军，在公园高歌一曲时，以大地为舞台，以蓝天为帷幕，无所顾忌、全情投入、唱得忘我，又日日磨炼，将他的拿手名曲的神髓演绎得淋漓尽致。有的晨运客还围观，对他鼓起掌来。

第一，四十五岁，公务员，未到退休期。他是个爱静的人，耳朵灵敏，哪怕是蚂蚁在地板上爬动的声音他都会感觉到。不到二十年他就搬了十五六次家，每一次都是因为居屋环境嘈杂，影响了他的休息和睡眠。街头冠军音乐队在青威公园得意一星期，他的情绪就恶劣了一星期。因为上班地点很近，他走十分钟就到，而机构是九点半的上班制第一一直睡到九点才起床的。冠军引吭高歌并配乐齐响时，正是他美梦正酣的时候。傍晚，他六时下班，浑身困倦，想好好躺一会儿，小寐养神，却又是冠军张大口狂号的开始。一星期下来，他的神经深受刺激，胸腹中难免储存一股强烈的怨恨，只待找到一个出气口，全部怒气立即就会发泄出来。

"我不将他拿下，我就改姓换名，不叫第一！"他心想。

第一是完全有资格"拿下"冠军的。第一是渔农处人员，经常出动执行任务。

这一天早晨八时许，他出现在音乐队面前，气势汹汹喝住冠军，告知以利害关系：他已接到十余宗投诉，并向他发出警告票，得马上停止对附近居民的骚扰，否则罚款，少则几百元，多则五千元。冠军忍气吞声，但第一一走，他对着他的背影啐了一口，道："我不怕他，看吧，明天我照来，照唱！"同队的拍档劝道：好汉不吃眼前亏，对官员还是小心一点好。

次日，大家见风声紧，只到公园健身，没奏乐，唯独冠军依然张开大口高歌。远远就看到第一以小跑的姿态向冠军站立的地方跑来，大家叫他快跑。冠军先是踌躇了一会儿，终于决定走为上策。说时迟那时快，当他拔腿起跑时，后面的第一反应也非常快捷，马上跟着加大了步伐。冠军哪里肯认输，也相应地拿出了他年轻时代的看家本领，开始狂跑起来。他有意捉弄第一，竟沿着公园的环形小径绕跑了一圈；第一见他有意戏弄自己，怒火中烧，在后面紧追不舍，更加大马力。冠军冲出公园正门口，跑到十字路口，看看是绿灯，很快跑过马路；第一眼看只离他五六步远，正想猛扑过去，没料到扑了一个空，不巧红灯亮了。冠军回头，在对面哈哈大笑。他有意等他，一旦第一过马路过到一半，他又开始跑了。冠军在人行道上长跑，转弯、跳小沟、跨栏杆……郊区的人行道，人不多，可以放松手脚、迈开大步跑得漂亮。第一知道并非对方对手，硬追不来。他于是抄另一条小路，心想："今天抓不到他，誓不做人！"冠军跑啊跑，忽然看不到第一，已暗暗觉得不妙。正在一个转弯口犹豫的当儿，突觉一个巨物猛向自己冲击，头部感到一阵激烈的晕眩，已不省人事了。原来，第一抄小路，很快，就跑到冠军必经之地等候，冠军影子一闪现，他就用一个"饿虎扑羊"的姿势以浑身力量向冠军冲过去，几乎成了另类"人肉炸弹"！头与头大力猛碰，不爆裂也会脑震荡！

他们被送到同一家医院急救，安排在相邻的病房。

经过抢救，排除了成为植物人的危险，但都有着甚为严重的脑震荡。

第一早就有其如意算盘，按部就班，请了律师，以"无法再工作"为由，诉诸公堂，向冠军要求赔偿一百万港币。

这个官司，听说第一胜算很高，令冠军烦恼不堪，至今仍未有结局。

穷夫妇，富夫妇

当江先生、江太太走进婚宴厅时，惹来的是歧视的目光。谁也没想到他们竟会出席今晚的婚宴。没有人不知道他们是大穷户：住的是已有五十年历史的政府旧屋邨；吃的是最便宜的下午茶餐，一客仅十二元；看的是在地铁专人派发的免费报纸；搭的是屋邨免费的循环车；穿的永远是二十年前买的那几件衣服。最大的娱乐就是看早上十点优惠长者的港币十块钱的电影……

不过，当收礼处将他们给的"红色人情"拆开，拉出三张一千元港钞时，大家都感到万分意外了。

当胡先生、胡太太走进婚宴厅时，惹来的是羡慕的目光。谁也没想到他们竟也会出席今晚的婚宴。没有人不知道他们是大富翁：住的是看海景角度最好的，少说时价也有五千万元的浅水湾别墅式居屋；吃的是香港最好、最贵、每天不同的美食；每天，他开的是劳斯莱斯，她开的是法拉利，而且每年都换新的；他手腕上戴的是镶有十颗大钻的、至少价值在一百万元以上的劳力士手表；不需要等到退休，他们坐厌了飞机，近几年喜欢乘大邮轮周游全世界……

不过，当收礼处将他们给的"红色人情"拆开，拉出一张五百元港钞时，大家都感到万分意外了。

江夫妇和胡夫妇坐在同一台，但他们不认识，只是客气地打招呼，应酬式地微微笑，就各自管自己了。

江先生听到手机响，打开屏幕，见是李丽的短信，短短的两行，内容是久违的问候语，他就给一旁的太太看，太太笑起来："看来她是在想你了。"不一会儿，太太袋内的手机也响个不停，她拿出来读，画面文字是："可惜只是你先生在公司，你相片我看了，我很不满足，要看到你真人才好啊。"她就给一旁的先生看，先生笑起来："现在的年轻人好大胆。"

这时，有人为他们拍照，江夫妇拉了个女友在中间，两人坐在左右。

另一头，胡先生焦急地不断打开手机又关上，似有所等待，他对太太说："我上洗手间一下。"一到洗手间，他马上发出一个短信："兰：明晚九时，老酒店，不见不散。"很快对方回复："OK，我知她在，速删。"他迅速按了删键，一切都了无痕迹矣。差不多在同一时候，胡太太也接到这样一个短信："明晚七时半，我在火车站海逸等你，请你吃一餐饭，如何？速复"她复了"OK"两字。也很快全删了。胡先生回到宴会厅自己台上，笑了一下说："厕所好多人。"

　　这时，有人为他们拍照，胡先生紧紧搂着胡太太，吸引了好多摄影家也来凑热闹。

大奖

    电视搅珠、开奖每星期两次，本来管理员阿强必定洗好澡，端坐在他所住的政府公屋的破沙发上，拿出六合彩彩票，一边慢慢地对着电视上的数字，一边慢慢地一口一口饮着茶，尽管最后他还是没有中彩，他也心满意足，视这为人生一大享受。因为哪怕只是中一个、两个、三个数字，他也会有一刹那期待的兴奋感觉，仿佛就走在向超级富翁晋级的路上。每个星期两次的彩票他从未漏了买，十几年来养成的习惯连老婆都适应了。他老婆也从来不敢反对他买，生怕有一次他画好数字而她没帮他买，万一中了，他会将她骂上几天几夜。

    阿强买彩票得过三奖四奖，像家常便饭那样平常；反而久久不中些小奖，他们两公婆都会觉得有点奇怪了。在阿强的心目中，大奖的来到只是迟早而已。他这一生做得那么辛苦，几十种工无一不是强体力活：码头苦力、钻地工、搬运、开货柜车、地盘工……没有一样不是出大力、挥大汗的。这样的艰辛人生周遭的亲友可说没有一个经历过。他充满信心地等待这一天的到来。

皇天真的不负有心人。

那一次，他偏偏上夜班；是老婆代他对号码的，他中了。是头奖。

阿强中头奖的消息，到第四天才像风一样传开去。

在他天天上班的那栋大厦管理处，座位上换了一张新面孔。

"阿强辞职了！"

"啊？"

"他什么时候辞职的？"

"他中奖当晚。"

"那么快？"

"他的辞职书早在几年前就写好。"

几十名不同报馆、杂志的记者一窝蜂地拥到了他平时当护卫的大厦，扑了个空。总管被他们团团围住，一一回答他们提出的问题。

记者们不甘心，又争先恐后地来到了阿强的家。但见他的家铁门紧锁，可能走得匆忙，门被风吹开了缝，从门缝中看到屋内空荡荡的无一物。楼下的管理员此时上楼来说："陈先生和他太太昨天搬走了。"

第五天，报上报道，几家慈善机构动员办事人员出动，希望向昨天的穷小子、今天的大富翁陈先生募捐得到一笔巨款，可是与记者一样，到他上班的地方和住家找他，都扑了个空。第六天，报上又有惊人的可靠传言，有三方面的势力正在虎视眈眈，打他奖金的主意。一个是如今当他为勒索对象的超级大富翁的黑社会；一个是著名的抢劫集团已将他当作下一个对象和目标，在警察抄黑窝时偶然发现一张计划书；一个是好几家地产商，准备向他推销黄金地段每尺过一万元的临海豪宅，可是打爆他的手机就是无人接听……

此刻，躲在广东那个偏远农村县城小旅馆的陈强夫妇，吃过晚饭，准备到外面的林荫小道散步，突然看到旅馆送上来的报纸，最后一版的《港澳新闻》，头条竟然就是有关他们中奖的消息，内容赫然就是上述那些，不禁吃了一惊。文字之外，最不可思议的是还刊了一张他们刚刚搬去的新屋外观的照片。

阿强说："我们不能回去了，你看，连我们刚刚搬到哪里，他们都有办法知道。"老婆说："交代地产经纪人保密都没用。"

阿强说："他们保密，也瞒不了管理处。"

老婆说："嗯，纵然买通管理处，还有送家具的工人……"

阿强说："无论你跑到哪里，只要是在有人的世界，我们很快就会被人发现。一发现他们就会像苍蝇一般对你纠缠不停，一直到中的彩金被刮走一大笔为止。或者，被绑架，生命的安全遭受威胁……"

老婆说："难道非移民不可……"

阿强说："媒体比我们还厉害，很快，他们会不惜血本，搭飞机追杀到天涯海角！他们有日报、周刊，还有旬刊、月刊，只要我们中三千多万大奖的消息和数据，让他们炒作半个月一个月的，他们也可以赚得盆满钵满啊……"

老婆无奈地苦笑，问："那怎么办？"

陈强说："早知道不要中奖更好！每天这样提心吊胆的真没意思！吓出病来就得不偿失！"老婆说："那就把钱捐了？"老公说："我跟你说笑！那么辛苦才中，哪里有把钱全都捐的道理？"

陈强说；"移民！"老婆说："到哪里？"陈强说："我们移民到天堂第一星！用一千万元买两张移民航天员造星的票，做头两个新移民。那么昂贵的票价，不会有人接着来的……其余两千万元用也用不完了！我们从此可以脱离人群了。"

就在此时，媒体、黑社会、地产商、慈善机构有二十几人已悄悄来到他们住的小旅馆周围，他们慢慢地将包围圈缩小，像在勒紧人的脖子那样，务必将阿强夫妇抓个正着。

通风报信的正是旅馆小老板。他听到了他们公婆俩的对话。

百密一疏啊。他们夫妇怎么没想到呢？抓起刀的陈强，此刻脸部红得已要滴出血来，浑身发抖。

他的刀，将向谁砍下呢？

他的妻，看到的是他的刀锋，向着他阿强自己的，不禁大为骇然……

飞机上的艺术家

将小行李放进机舱上方的行李舱，坐定。

飞机起飞不久，眼睛突然一亮。

右边的中央位置上，一位浑身红裤红衣的女子好夸张的举动——不客气地走进走出通道的举动，引起我们的注意。

红衣服女子先是走到前面头等舱的洗手间，想进厕所。不料被一位空姐所阻止，她讨个没趣，也很不服，又转了一个小圈，想入头等舱的另一间洗手间，没想到又被另一位空姐客气地驱赶，她只好无奈地又跨过好几排的座位，走到机舱末尾的洗手间。由于飞机是早机，乘客都很困，大部分都在睡觉，看到她的不多。她一头长发散乱地披肩，下面是高跟的长筒靴，身体好胖，虽然不很高大粗壮，但动作幅度很大，衣裙摩擦，窸窣有声，举手投足都要占据不少空间。由于浑身红色，就像一团大火球，所滚到之处，都要引起醒着的眼球的注目礼。

无论如何猜测，我们都无法猜测到她究竟是什么身份。

"年纪那么大了，还留着那么长的头发！"

"远看像纯情的少女，近看像妖怪。"

我和老伴在议论着。浓烈的兴趣令我们开始注意她的行动。一会儿，她上完洗手间回来，走进座位时，坐在过道她一侧的乘客站立让她进去。这没什么，令人觉得她的特别的是，她没有一刻安静；一会儿掏掏自己的大手袋，不知在找什么；一会儿拉开前面的杂志袋，取一本杂志来看。不久，午餐送来了，红衣女郎速度很快，将吃的、喝的都吃喝个精光。这时，她的某个举动引起了我们的注意，她把那个用来喝咖啡的红色精致小杯擦呀擦，还有那个盛水果的精美小四方碟擦呀擦的，我们以为她公德心重，协助空姐搞清洁，没料到，说时迟，那时快，但见她很快地抓着它们，一个极快的手势，几乎是迅雷不及掩耳，那小杯和小碟已失去了影踪。我大感好奇，忽然间，看到了就在她的两条大腿之上，她那个大手袋在开着血盆大口，对准着那些餐具。很显然，刚才那两件美丽精致的小餐具，就是"直线落体"落到了她的手袋里。原来如此。

我正被袭上来的"困虫"弄得要入眠时，忽然，老伴又摇摇我的手臂叫我看。原来她又有新的动作。但见她左手又抓起刚才那本杂志，右手开始挖鼻孔，她的鼻屎应该藏得很深而且产量不少，黏度又强，否则她不会挖得那么深那么久，挖出来后，黏黏的鼻屎黏在手指上无法甩掉，她那手指只好借助了大拇指，像捏小小汤圆那样，捏成小硬圆块，才一一弹到地板上。我顺着她的动作往下看，竟无意间看到她脱了鞋，没有穿袜子，长靴的特殊气味隐隐在空中飘散。

幸亏坐在她一侧的男士从上机后就呼呼大睡，没去理她，否则也许也无法容忍吧。当飞机快要降落时，她开始梳头，那一头披肩长发，如果刚刚清洗还好，如果是十天半月没洗过，左右的人如何受得了？因为她梳发动作的幅度很大很夸张，生怕人家不知道有个长发美女搭乘这趟飞机似的。她重复梳发的相似动作有一百次以上，那已经是属于一种替头发"安抚"的爱心治疗了。

飞机降落目的地，走出通道时，我们走在她后面。不知怎的，可能装得不小心，她刚才占为己有的精致红色小杯竟然从她手袋滚落地上，一直滚到了在前面机舱门口向乘客鞠躬道再见的空姐脚下。空姐睁大了眼球，我低头不敢看接下来会出现什么场面。

那么巧，正在低头时，就在无意间看到她拉着的皮箱，挂着的姓名牌，上面是一张名片，印着："著名行为艺术家×××"。

臭耳人阿王

　　臭耳人阿王，年龄已届六甲。老伴对他爱护有加，怕他胆固醇过高，控制他的饮食，渐渐地旁边没有老婆大人的监督，他反而很不习惯了。

　　臭耳人阿王，耳背，大概是来自遗传，兄弟姐妹八人耳朵都不好，都有轻重不同的耳背，因此，也怪不得他。因为祖籍为闽南，在家有时也以闽语沟通，老伴喜欢戏称他是"臭耳人"（闽语）。阿王说："你这是歧视残疾人——有着一双臭耳朵的人！"老伴说："这才是最亲昵的称呼呢。"

　　臭耳人阿王一隔墙就不容易听到对方的声音，老伴讲话要走到他跟前；与人对话，如果对方声音太小或讲得太快，他就要劳烦妻子重复一遍。老婆不在身边时，那就很惨了。他经常听不到，要不经常听错。到学校讲座，同学提问，他要求大声些；看电视剧，他将声音调到很大……家人或朋友闲谈事情，他往往听错，偶然会插入一两句牛头不对马嘴的话，引起轰然大笑。

这一天文坛举行发布会，他因平时爱写点评介评论文字，照样在受邀请之列。很糟糕的是太太因有事，不能陪同他出席。

发布会开得很热闹，休息时段大家到会场一角喝咖啡用茶点，整个会场嘈杂一片，阿王什么都听不到。他因为稍有名气，周围围住不少人。其中一位出了不少书的名家杨先生凑上前来，向他鞠一个九十度大躬，双手捧着一本书送给他："王前辈，请多指正！"

臭耳人阿王接过杨先生大作，问了一次："你说什么？"杨先生说："我出了一本新书，请你多多指正。"阿王仍不明白，又问了一次。杨先生再次道："我说的是请您指正，就是请您批评的意思。"阿王一时愣住，再问："指正？批评？"杨先生再次解释："就是指出书中不正确、不足之处。"臭耳人阿王大为惊讶，心想，平时他写评论，都是抱着与人为善、隐恶扬善或优点讲八分，缺点讲两分的态度，要不然就是将书中的不足之处让作者尽量自己领会、全然不提。大家都喜欢和理解他的这一特点和做法。哪有像杨先生那样高姿态地要求他"指正"的？他正想再问什么时，杨先生又说了："王前辈，你真的不要客气，捧场话、好话就不要说了，对我没什么好处，批评书中的不足就可以了，这样我才能进步呀！"真是其言也诚，其情也切啊，他不放心，再问道："你说什么？批评书中的不足就可以了？捧场话、好话都不要说了？"杨先生说："嗯，没错。"阿王笑道："我老婆常骂我是臭耳人，其实不一定，你看，今天你的话我就全部听明白了！"杨先生说："你耳朵好得很呀！"

阿王翻翻手中书说："我一定会仔细拜读。我看书很慢，写批评倒快。我会尽快把文章写出来。"杨先生说："不急，不急，慢慢来，慢慢来。"

"那么谦虚的一个人，非常少有。"阿王想。

早晨。杨家。

杨先生抓住当日报纸的手发出激烈的颤抖，热血一股一股地往脑门儿冲，浑身发热，坐立不安，大嚷一声："他妈的！请他指正，他真的来指正我！竟然一句正面和肯定的话都没有！"

杨太太从没看过老公那么生气，那么火爆。此刻，更看到他满脸涨得通红，差不多呈现一片猪肝色。他赶紧从丈夫手中将报纸接过来，一看，原来就是那个阿王评论丈夫新书的文章刊在上面，大约有一千字吧。

杨太太说："不错嘛。评介你的新书。"

杨先生说："什么不错？我的书被他批得一文不值！连一些校对校不出来的错字，他也不客气地大做文章，列了出来。还有几篇散文写得不好，他也专攻那几篇，不顾其余！

你把它读完吧。"

杨太太一口气读完,明白老公为什么生气了。阿王的短文真的用较客气的语调在"指正"他,竟然说老公的书写得很一般,没什么新意,全书五十篇,可读性较高的仅两三篇……评文写得确和阿王平时写的中肯评介大为不同。禁不住皱起眉头。

杨先生说:"我请他指正,只是说说客气话,想不到他竟当真。他妈的,臭鸡歪!臭耳人!!干他老……"杨先生的各种粗口如喷射水枪,激烈地喷射出来……

忽然,他感到一阵晕眩,向后倒去。

太太急得唤儿子回家,母子速速将他送院。在医院需要留医。护士给他量血压,上压竟然升到二百。

消息不胫而走,也传到了阿王夫妇耳朵里。

杨先生病房的隔壁病房床上,躺着臭耳人阿王。王太太陪他来检查耳朵。

医生检查后对王太太说,你老公耳背非常严重,除了听不到、听错之外,有时人家的话,只听字眼,没有听音;还有,刚才测试他的智商,完全不合格。他好憨居愚笨,容易得罪人。

"你呀,以后人家叫你'指正',你要听成'捧场'才对!知道吗?臭耳人!"老婆恶狠狠地对着他耳朵大喊。

走进书店

书迷林先生寻找书星书店，找了好几次。一直没找到。是不是关门大吉了？他望着眼前的高楼大厦、遮天蔽日的杂乱招牌，心中一阵狐疑，一阵彷徨。

三年前他常来书星书店，书店还在二楼，没搬；但因上午人客稀落、生意清淡，已从上午十一点开门改在午后一点才营业。两年前他来，书星书店因为租金狂涨、业主逼迁的关系，搬到了同一栋大厦的四楼；没料到一年前他来，书星书店已搬到顶楼十九楼，面积缩小了一半。

今天，是怎么回事？他在十九楼书星书店门口站立很久。一种失落感强烈地袭击着他的心。

但见书星书店铁闸紧闭没开，门口没任何告示。难道真的结束了营业？已经是午后三点了啊。林先生回忆起自己和书星书店的"情缘"——二十年来，书星成了他工作劳累的慰藉和避风港。他的家离这儿不远，几乎每天下午四五点，用计算机打字写稿，累了他就会到书星当书虫啃书，一啃就是两个多钟头。没想到这次到外地开会，不过走了一星期，书星竟然失去了影踪，难道蒸发到天上去了？

他回忆起那些触摸和翻阅文学名家的日子。曹雪芹、罗贯中、施耐庵、吴承恩、鲁迅、周作人、李广田、柯灵、丽尼、许地山、萧红、老舍、巴金、白先勇、刘以鬯、余光中、刘再复、许行、洛夫、张系国、杏林子、川端康成、渡边淳一、新井一二三、星新一、欧·亨利、芥川龙之介、契诃夫、莫泊桑、海明威……书星书店不单卖纯文学书，而且也卖不少历史、哲学、文化等类图书，是非常著名、执着的书店。选书之精，尽显书店主人高雅的读书品位，令人肃然起敬……书店地方虽小，但人山人海，来的看来都是文化人。书店还创办书会，每年会费仅是二十元，买书还有优惠折扣。书店老板知道他爱书，有什么新书到，还会打电话给他呢。

林先生想到此，清醒过来。赶紧下楼，问了大厦管理处，管理员说书星昨天结束了营业。林先生吓了一跳。事前并没有任何预兆啊。他在大厦地下大堂，站在各层的公司名牌前随意观看，忽然看到第二层楼整层写着"大家书店"。看来，一定是新开张的吧？

他赶紧进电梯，按了"2"字，电梯门一开，他顿时吓了一大跳，"大家书店"的招牌高挂在门口，非常巨型。原来，空置了很久的一个面积不小的待租地方看来已被一个大财团租下，开起了一般人视为畏途的书店。他兴致勃勃地走进去浏览。

就在新书／畅销书招牌下的台面上，琳琅满目地摆放着书名令他眼花缭乱的书：《金融入门》《经济学123》《投资基本法》《炒股必胜技》《你想一夜致富吗？》《股海饥民翻身实录》《银行初步》《××高官情妇秘记》《××的女人》《×××的女人们》《国共政坛秘闻》《猎女手记》《追女仔速成法》《男女情爱五十招》《100条交际金句》《东京》《澳门赌场必读》《吃遍台湾小食》《香港自助行指南》《办公室快速升职秘籍》《如何讨得上司欢心》《普通小菜48款》《新意甜点100式》《快乐厨房必知》《10美女谈青春常驻》《如何保持身材的丰满50年不变》《成功的人生》《交际必胜技30法》……

林先生将书名一本本读、一本本翻，禁不住头脑发胀起来。

走到摆有"特别推荐"牌子的台上，看看推荐的是什么？一本本读下去：《推销必胜》《地产代理天书》《超升职聘》《短炒》《26岁就做高薪主管》《沟通法则》《香港股票财技密码》《外汇世界》《他为什么垮台》《追女必胜》……

他一路走进去，书店分门别类地放书摆书，面积好大好大，比起以前顶楼那家书星书店，至少大了十倍！但他想找

"现代文学"书架，就是找不到。

问问店员，年轻的男店员把他带到"流行读物"的书架前，他哭笑不得，想说他要找的不是这个。想到现在的店员不同往昔，大多数已不爱看书，为了三餐饭谋一职，入书店也无妨，他也就不麻烦他了。可是他心又有所不甘，又问了一个女的，她笑笑，说纯文学书有是有，但不多。她带他到"流行读物"书架前，蹲下来，指着最下一层的一角，才看到几本文学书：两本白先勇的《台北人》，两本余光中的《记忆像铁轨一样长》《逍遥游》，刘以鬯的《酒徒》《对倒》《打错了》各一本。它们正好被压在亦舒和张小娴的书下面，似乎在苟延残喘。亦、张每种同样的书至少都有七八本，而白、余、刘的书都是每种一两本……

"有获益出版的第 37 届《青年文学奖文集》吗？"他问。

女店员摇摇头："刚售完，还没补货。"

"那么，刘以鬯的《〈酒徒〉评论选集》呢？"

女店员连问了三个"什么"，又摇摇头。

在门口，林先生在一个"本月本店十大畅销书榜"前驻足。排在第一的是《包苗条的每日一菜》，其他九本就没有一本是纯文学类。

好不容易挤出密密麻麻的看书人群，林先生终于失望地逃出了书店，仿佛在"俗世"受"干洗"了一遍。

回眸

从地铁车厢走出来时，他一肚子的怨气。

刚才，他和一位"师奶"坐在一起。他们几乎是在同一时间从座位上站起来，身旁的这个三十开外的"师奶"，仍不忘向他狠狠丢出一个鄙视他的恶毒眼色，他不甘受辱，也回她以一个凶凶的目光。心里暗念着：你算什么东西！宽大的上衣，长及大腿部，最败笔的是双腿竟着了一件及膝的黑色紧身裤，这就是满街都是的典型的"师奶装"了。脸儿，也是圆圆胖胖的，完全没有什么特色，加上染上的一头金黄色长发，真把她的俗气充分地表现出来。你鄙视我贪婪的眼睛，我何尝喜欢你庸俗市井气包装着的一颗自私的灵魂？

车程够远，从官塘到荃湾，少说也要四十五分钟，要不然他的眼睛不会这样不老实了。就在刚才的车厢里，那位师奶拿出一张报纸，打开娱乐版的对开两版，津津有味地读起来。这一张报纸平时他没买过，更没读过，一个娱乐圈内的名艺人向一位女歌星施"咸猪手"的新闻大标题，吸引住他，他也就把头部作四十五度的转向，眼睛朝着师奶手中的报纸全神贯注地读起来。过了一阵子，大概师奶有所察觉，脑袋转了转，朝他这方向看了看，他仍不知情，又继续读下去，突然，"啪！"一阵巨响，让他吓了一跳。原来，师奶不满他的眼睛"出轨"，分享了她手中的报纸，将报纸合上了。遭此一击，他很羞惭，更多的是不快。

没想到车到站，走出车厢，还要遭她那样仇恨。

心情极度恶劣，像阴沉沉的天色。匆匆赶到一个车站。他的目的地是回家，地铁到不了，需要在此转车。偏偏回家的十三号小巴，车次特别少。他在十三号小巴站的铁牌一侧愣愣地站着等候，旁边站着一位身材很好的少妇，看来不过三十开外，也在等车。他鉴于刚才的教训，不敢过于接近她，生怕又生出什么事端。太阳忽然从阴云中露出脸来，晒到脸上一片灼热；他本能地往后退，躲在路旁一个卖炒面的小贩的摊档屋檐下，一直到天色又反常地阴下去，他才又排在少妇后面。十三号车常常爆满，停在此站，下几个上几个，他担心被人抢先，也就要排好队，争取第二个上车。平时在外无聊的当儿，欣赏面目姣好的女子，也是他的一种消磨时间的节目，只是不敢太放肆露骨。旁边的女子似乎有第三眼，感觉到了他的注目礼，转过头来跟他打招呼："十三号车好久才有一架！先生也去红磡？"他点点头，有点失措失态，这少妇长得好美啊。幸亏不像刚才偷窥师奶报纸般被她斥责……雨来了，雨势也渐渐大起来。他看到少妇撑开了一把伞。他本能地、迅速地转身，欲躲进刚才那个屋檐下避雨，也就在这时候，少妇向他转首回眸，柔声道："我们一起遮吧！"

像是幽谷清音，发自绵绵的细雨中。他怕是听错，呆住，好久好久没有回过神来。恐怕，他的一生当中，这是来自陌生人的对他最亲切最温柔也最充满爱心的话语了，他怕是听错，因为一小时前地铁师奶恶毒的眼光还一直笼罩着他啊。他好半晌才回答她："不用了。"

雨终于大了起来。一架十三号小巴停在车站少妇跟前，她收起伞，动作敏捷地冲上车。车开了，留下了失落的他，万分后悔，刚才为什么竟用了那么冷冰冰的口气回答她。

他站在雨中，没有感觉地让雨淋湿了一身。

为你留灯

一

　　那时候，全世界都是女多男少，尽管各个国家男女人数比例不一，但"男荒"现象都存在。大批女的，已到婚嫁年纪的一律被称为"剩女"。虽然如此，"剩女"们依然坚持着她们心目中不同的找对象标准，从不降低分毫，宁愿此生小姑独处，香闺空守，做单身贵族，也不愿与"次男"相守。

　　当然，那时候，也因为女多男少，一家电视台极受欢迎的《灯亮灯灭》节目，找对象的三十六位女性只好安排争夺一位男子。表面上这有点像一群母狼追逐一只小兔子一样——却也不是饥不择食，而是择优而噬。因此，这只兔子也要在各方面的条件非常优秀，才有可能进入征婚女子的初步视野；森林的法则和铁律是留强淘弱，男子十有八九大败而归。男子虽然面对那么多女子可以供选择，却完全不似中国历朝的皇帝选妃子那般可以拥有至高无上的权力，可以随心所欲，只能私下告知主持人他中意的女性是几号，也未必就能够如愿以偿。

男子站在舞台中央，三十六位女子半环形排开，身边各有一个大型的灯箱，既可以遮住下半身以免站着感到空荡荡的尴尬，也可以用作"淘汰""放弃"该男子的工具。男子站在那里，情状有点像处于受审判的地位。

每当一个女子熄灯的时候，相应的舞台上发出一声枪击般的巨响，真有如枪响了，那个雄性猎物被击毙了。

男子必须过四大关。除了回答三十六位女嘉宾的问题、疑虑、驳斥外，还放映四个短片："自我介绍"、"感情经历"、"择偶要求"、"亲友评价"。随着男子的情况、家境、工作等犹如抽丝剥网一层一层地真相大揭示，个人资料暴露在众目睽睽之下，三十六位女子身前的箱灯陆续熄灭。幸运的，会剩下一箱灯或二箱灯，一般情况下，最后选择权在男子。

二

这一晚的《灯熄灯灭》节目速战速决。也颇残酷。

当一号男子的"自我介绍"短片放完，女嘉宾们知道男子来自农村，三十六箱灯好快熄灭，场上砰砰砰砰响，男子犹如中了三十六枪，被火速击毙，前后只有约六分钟。

当二号男子出现在众人面前，个子矮小、眼睛小、身材单薄而说到目前他想开餐厅资金仍不够时，三十四箱灯陆续熄灭，连最后两箱灯也只维系一会儿，最后也放弃他而熄灭了。男子灰溜溜滚下台。

三号男子，样子还不错，薪酬也不少，当说到自己如何爱母亲，以后找对象非和母亲同住否则永远不娶不婚后，三十六箱灯一盏一盏熄灭，而他上台不过九分钟而已。男子好像陆续中枪，垂头丧气。

四号男子，样子老实可爱，看来大有希望载得美人归，但他介绍自己感情经历共三次。一位女嘉宾要求他讲出自己的三个最大缺点时，他滔滔不绝地说了六点，为他留灯的原来到第三关时还有四箱，最后四响齐鸣，他也不支倒地。

五号男子，样子比较猥琐一点，被击毙前还遭到强力的火力喷射，原来他在"择偶要求"时说了要求对象"温柔、美丽、大方、明眸、皓齿、身材苗条、能干、经济上独当一面、上得大堂、进得厨房"，激起众女嘉宾的怒火："你自己先照照镜子吧！""你到天堂去找吧！""你这样的男人，下去吧！我老娘不喜欢！"……更有一位女子说完"请你到河边照照自己是不是长得和猴子有点一样"后，用力以掌往小台面一拍，在场观众都吓了一大跳。不言而喻，此男从外皮到内脏，都好像遭到五马分尸浑体被捣烂，倒地得太难看了。

今晚，枪响了一百八十次，令人心惊肉跳。

三

第二晚的《灯熄灯灭》节目，情况不同，但也好精彩。

一号男嘉宾出场时大家眼目一亮。但见他浓眉大眼、虎腰熊背、高大威猛，属于可以借出胸膛给女性依靠那种。当他一出场说出自己叫"张嘉诚"时，全场发出笑声，因为他与世界级大富豪李嘉诚有相同的名字却有不同的长相和体魄。他在自我介绍中告知大家他四十岁，目前住在大城市，手下拥有三家已上市的大企业，他是董事总经理，双亲已不在，婚后可以住在自己的爱窝……场下又发出一阵笑声。一张张都是会心微笑的脸，可能觉得他虽然与李嘉诚有着不同的外貌，但相同的是都有钱，只是钱多钱少而已；更巧的是，两人虽然有着不同的财势，但都有相同的名，只是不同姓而已。

张嘉诚轻轻易易地连过四关。全场鸦雀无声，三十六箱灯全为他亮着，为他而留。大家紧张地等着最后时刻的到来。

以前最后多是剩下一两箱灯，很好办；今晚情况太特殊，不知将怎样解决？

主持人说："我们总不能把张嘉诚先生分成三十六块，让女士们每人分一块，每晚若让其三十六分之一肉体伴她们而眠，她们必然会吓得魂飞魄散；如果让张先生在三十六位小姐中挑一位，无疑又将他置于皇帝选妃般至高无上的地位，男权太大了，对女嘉宾不公平。我们只好抽签了……"

一时间全场哗然。

这一晚，枪一声也没响，节目看得观众大感刺激，因为大家看到三十六位女嘉宾此时争先恐后一拥而上，往张嘉诚站立的中央狂奔，一阵欢呼伴随着惊叫……

弃将

　　他知道这一刻厄运难逃了。当他被唤进经理办公室，就知道领取大信封的时候到了，只是没想到那么快。他当然清楚是谁搞的鬼。机构很大，从母公司被调到子公司，他明白没好日子过。他似乎一出娘胎就招人嫉，如今多数人埋堆啊、巴结啊、拍马啊……他一律欠奉，也不会；天生的土头土脑，不吃硬的。这位看他不惯的副主任姓"廖"，他心中称他为"鸟头"。鸟头明知道他计算机刚学不久，字打的慢，还每天都把成堆如山高的文件拿来让他打字，而且限时完成。他一忍再忍，回家拼命练习。好了，鸟头又设了陷阱整他，让全组的人写"文化产品策划书"，建议新一年的出版选题，他写满十大张。这一下就惨了，鸟头将他叫进会议室，逐条批驳，狠狠骂他"根本不是来工作的"、"完全不了解公司运作"……几条大罪名扣在头上，虽然嫌大嫌重，他还是始终一言不发。

就这样，他领到了大信封，离开了这家大公司。

"多久的事了？"坐在他对面的她问。

"有二十年了。"他把故事讲到此处，打住。

"后来呢？"

"我失业了整整两年，后来只能做些临时工，补习啦，代课啦，投投稿啦……那时我只是一个小小文员，社会经济不景气，工作难找呀。一旦被炒鱿鱼，影响太大了。"

"你是这一行的将才，竟然成为弃将！"

"可当时人家看我是'酱菜'呢。"

"不是不喜欢旧事重提吗？"她问。

"二十年后，事情有戏剧性的发展呢。"

"说。"

"他昨天应邀参加一个茶叙，有一个机构了解到他拥有一间品牌文化公司，希望双方在业务上合作。对方老总带了一个女秘书和两个男文员来。一见面，他发现其中一个头一直低低的，面色红红的，你猜是谁？"

"鸟头？"

"没错，是鸟头。后来我四处打听才知道，不知怎么搞的，鸟头二十年来转了七八次工，职位越做越低，现在只是普通文员一名。"

"咦！你是弃将，想不到他也是。不过是另类的弃将。"

"故事并不精彩，是不是？我倒有点可怜他。"

严罚

　　每个月初，严老师总要丢下三十六元纸钞，抓了一本杂志和一份报纸，塞入公文包中，匆匆忙忙就走。转身之前，那小贩看了他一眼。

　　他下到地铁，几乎是小跑起来，拍八达通，转电动扶梯，嫌不够快，又快步一步一步踏下去，正好一列列车开抵，他冲了进去。上班的人挤得车厢满满的，有人起身，空出一个位置，他坐了上去，将公文包放在自己的大腿上。把公文包拉链拉开，看了看内里的东西一眼，又将它拉紧了。

　　幸亏没迟到。严老师每一天都过得很紧张。

　　严老师素来以严格而全校闻名。欠交作业、迟到、上课打瞌睡、讲话、开小差、看课外书……他都不客气地严罚，包括罚站、罚抄写、罚跑、罚留堂、罚不可吃饭等，其中"不可吃饭"最受争议，可严老师搬出了伊斯兰教徒的禁食习俗，将对方驳倒。他说，又不是整天不给吃，不过是推迟到下午而已。

这一天，严老师在黑板上写字。写完回过头，便看到了坐在最后面靠墙的郑奇豪慌慌张张把什么东西收进自己的书包里，然后装作一本正经地望着他。严老师双眼的两道目光像两支利箭射向郑奇豪，霎时，他看也不是，低下头也不是，十分尴尬。严老师好半天不言语，全班同学的注意力渐渐聚焦到奇豪脸上。

"拿出来——"严老师的吼叫，声音既大，又拉得长，可谓声色俱厉。

郑奇豪吓坏了，一时愣住，不知所措。好一会儿，他见严老师慢慢走过来，才弯曲身子，伸出右手颤巍巍地往抽屉的书包摸索，终于，又颤巍巍地抓出一本杂志来。

"把你手上的杂志高举起来！"严老师凶凶地喝道，人也已走到通道的一半。奇豪还在犹豫不决，严老师已走到他桌前，抓住他那拿杂志的手，高举着让大家看。

"哇！哇！"大家异口同声地叫了起来。原来，那是一本《××豹》色情刊物。封面是一个衣着少之又少的半裸女。全班同学都大大吃了一惊……

奇豪被严罚，中午被禁吃饭，饿到下午三点四十五分才吃第一口；这还不算，他被命罚站，在教师室外面的走廊一直站到当晚七时。

因为太迟回家，奇豪回到家时，父亲严词逼问，他只好和盘托出个中缘由。做报贩的父亲道："难怪今天傍晚统计《××豹》时少了一本！你要死呀！竟把这种刊物带到学校！"奇豪说："爸，我以为你可以卖，我带去课室也没什么嘛……"奇豪爸爸一时语塞，心中起了疑虑。

　　一个月后，一位成年人向奇豪爸爸的报摊走来之前，奇豪爸对奇豪妈说："他，我认得就是豪仔的老师，每个月都准时来买《××豹》，等下你就躲在墙后，在他抓起杂志时，连人脸一起偷拍一张相片！我们可以作为证据，也告到学校，严罚他这种双重人格的伪君子一次！"

我不会让他知道

午夜，丈夫已鼾声如雷，丹茹犹在入迷地读一本文字浪漫的游记。忽然，她听到搁在床旁的灯台上，自己的手机响了。她往左手边的老公望了一眼，只见他死睡如猪，边抓起那手机，迅速地下床，蹑手蹑脚跑进洗手间，打开手机屏幕，见又是秦，不禁喜上眉头。那两行字是：

"你浪漫的文字，文如其人，等你的信息等得好心焦。午夜梦回，像是又回到你住的小埠……"

丹茹迅速回了几个字：

"多么希望还有机会见面。几时再出差，我到机场接您……"

打完，发出，她迅速按到"收件夹"，犹豫了一下，还是把秦的信删除了。做完这一系列动作，她又悄悄躺了下来。

"谁？"突然，老公在迷糊中问，丹茹吓了一跳。

"财务公司借款的优惠宣传。"

一次，在去 Y 城的旅途上。喜欢看报纸的老公在四个小时的旅程中，几乎都在看报纸。他从国际大新闻看到 Y 城的消息，从娱乐新闻看到医药知识，又从贺新人结婚的广告、贺荣任某社团会长的广告，看到名流父亲的讣闻及其亲友的哀挽……坐在一旁的丹茹在玩手机，突然，手机短信信号响了。她按键打开，老公有意无意地问："谁？"

　　丹茹发了句牢骚："又是那些广告！"

　　"那你就删吧。不然好多短信都传不进。"

　　"删了。"

　　丹茹并没删，手机屏幕上的词句是：

　　"也许我们太有缘，最近梦中出现的女人，不是家中的黄脸婆，而都是你……"

　　丹茹将它连续读了八九次，一颗心怦怦乱跳起来。她迅速回了那么一句："婚姻都是命定，如果我们很早认识，历史当然要改写了。"

　　每次出外应酬之前，丹茹都要在镜子面前照个半天，想象着秦从后面搂抱她的情景和感觉。有时，想得痴了，她会闭上眼睛万分陶醉。老公会突然问："你在干什么？"她答："我在看这衣服好不好嘛！"

　　早就有气无力的老公，偶然一两个月内的夜里，在床上会向她的肉体求索，她都婉辞拒绝，真正的原因是生怕对不起远方的秦。

　　她的手机恋在朋友中早已不是秘密了。女友问她："你不怕你先生知道？"

　　"我不会让他知道。"她笑笑地，颇为满足。

先上车，后买票

阿白跳上一辆大巴士。人很多，他眼尖，迅速找了一个座位，闭目小寐。

一会儿，就会看到他和阿施的结晶品了。他们喜欢女孩，没想到心想事成，真的如愿。这真是上苍的赐予。不知她像他还是像她？如果有着他和她的优点——他的小嘴和她的酒窝，那就太好了。该取个什么名好呢？……一想到医院里的母女，一定也焦急地等着他这个新爸，他的心就激动得扑扑乱跳。猛醒医院就在前一站，他起身，冲到车门口，欲跳下车，售票员向他喝一声："买票！"他掏钱、买票、下车，紧张地往医院跑去。

阿白跳上一辆小巴。那是小孩满月之前几天。

小巴上人刚刚满，他闭目小寐，回想当初和阿施认识的过程，非常偶然。没记错的话，那是在网上开始的。人说网络是个坏媒人，常常令女孩上当，叫男孩失望，可是他和她初见面就一见钟情、一见倾心，而且发展十分迅速。玩了一天，到了晚上，他们在百老汇看了一场电影，接着在荷李活晚餐，在伦敦尝甜品，他看看表已是十时，就向她提出一起过夜。他们租了那种较廉的酒店。那晚，他将她拥在怀里，对她说："我们发生超友谊关系吧。"一想到那晚的激情和缠绵，他的心就激动得扑扑乱跳。今天，他和阿施商量之后，决定在酒楼摆几围满月酒；猛醒酒楼就在前一站，他起身，欲跳下车，司机向他大喝一声："买票！"……

　　阿白轻轻拉着阿施那套着白色手套的纤纤玉手，让她先进入新娘车，然后他进去。那是他们同居的第三年，女儿也三岁了吧。

　　他们到了文化中心婚姻注册处，但没入注册处，只为了此处临海，风景美，拍照好。注册手续准备晚上在众人见证下，一起在婚宴上办。这时，一群亲戚朋友拥着他们，欢呼、祝福、拍照……阿白回想三年来的同居生活、与小宝贝玩的日子，不禁感慨万千。看一看新娘子，一袭洁净雪白美丽的婚纱，那么称身，那么好看，衬托得阿施显得更明艳照人。一想到从此有人叫他们"爹地"和"妈咪"，他就万分激动。这时，有一朋友来报告，说新娘车泊在禁区，给警察贴了一张牛肉干（告票）。他听了摇摇头："没关系，就付吧。反正他们是先开票，我们后付款！"

　　在回家路上，阿白对阿施说："今晚我们就注册了，我一直只知道你姓施，不知你的名字呢。"

　　"阿施是我小名，我也不姓施。"

　　"那你叫什么名字？"

　　"甄好霞。那你呢？"

　　"凌石义。"

包装

  又是婚宴,又是争艳斗丽、一决上下,斗个你死我活的时刻和场合。

  戴美丽已贵为富家妇,不屑于与那一帮庸脂俗粉的超级师奶为伍,她希望在宴会厅里不要再遇上她们,否则少不了会听到一些弹赞议论,令耳朵受罪!

  咦,那不是那些鸟人吗?戴美丽见到上次三五个成员组成的、令人讨厌的太太团已齐聚在中央的食物台旁,一边品尝食物,一边叽里呱啦。此刻,不知哪个女人又遭她们攻击了。听说她们最善于表面一套,背后一套。上次自己出席亲友子女婚宴的装扮,很多朋友欣赏,唯独这个太太团,表面上把她赞美到无以复加,有人告诉她,背后却将她讥讽攻击得很刻薄,简直体无完肤。那以后,她也学乖了,也组织了自己的八卦团,以其人之道还治其人之身。

  戴美丽走了过去,像一团火焰,马上吸引了五双眼睛。

太太团的"团长"毕漂亮本来要说:"您的非洲蜂窝装一流,应该颁一个'非洲女皇'称号的大奖给您!"话还没出口,戴美丽已先发动攻击了:"啊呀!毕团长,您的柔柔长发,像美洲的大瀑布一样,看上去,只有二九一十八岁呢。真的不可思议,您脸上一丝皱纹都没有呢,迷死人啰!"美丽的助手靓思人"分工"射击太太团的副团长钱欣欣:"欣欣,您这套衣服好合身,穿起来很有气质嘛……"

戴美丽和靓思人不容对方回敬,丢下一句"我们先过去和朋友打个招呼",赶紧抽身离开。像是得胜回朝似的,回到自己的八卦团,七嘴八舌地议论起来。

——好包装不包装,弄个长发及腰,扮清纯靓女十八岁,也不看看自己什么年龄了?已是五十几岁的老太婆啰!那不是看起来像妖精,令人作呕吗?

——她老公习惯了。要我是男人,睡在她身边,晚晚做噩梦呢。

——还有,您看这个老毕老妖怪,脸已皱得像瓮里的咸菜,敷上的白粉却足足有三寸厚,像是一堆牛粪包上了一层金纸。晚上躲在她家角落偷窥她卸妆,如见鬼魅,一定会吓得心脏分裂呀!

——干脆去换皮,弄张小 S 型的好看些的面孔换上,也不必每天担心她老公在外面拈花惹草,或金屋藏娇了。

——那个钱欣欣,也不看身材,要胸没胸,要臀没臀,要肚腩就有，三围我看大概是三十八、四十、四十二，哈哈哈……

——穿得那么紧身，真是自曝其丑呀，替她难受啊……

太太团那里，刻薄的评价也正在口沫四溅，成为美食的绝佳佐料。一边闲话一边吃，谈得起劲，吃得忘我，否则怎么可能吃出那么多的四十呢？

证据

    法庭正在审理一宗有关婚外情的案件，争持不下，只好休庭，七位陪审员退到大堂后面的会议室继续讨论。两位男女被告，虽然在公众场合出双入对已有几年，非常公开，然连日开庭，庭上座无虚席，城里万人空巷，媒体记者"长枪短炮"出动，将法庭挤得几乎爆裂。两个主角尽管拍着胸膛地表示会面不改色地出庭，律师劝他们还是避席较妥，理由是小城风气还偏保守，思想观念没有他俩那么开放，虽然他们出现时听众未必会以臭鸡蛋、西红柿雨欢迎，但他们那鄙视的目光，会像一支支利箭向他们射来，把他们射死。

    于是，大堂只剩下双方律师和听众而已。

    陪审员共七名，包括了各朝代或年代出生的，他们在经过一番激烈的唇枪舌剑之后，将以投票方式决定那对搞婚外情已搞得如同家常便饭的男女是否有罪。目前取得的共识是，21世纪初，虽然西风东渐，男女之间要怎么样都可以，但中国人的婚姻还是受一纸结婚证书保护的。既然搞婚外情的男女主角两方的配偶，都将他们告上法庭，法院就不能不受理。

最大的问题是他们通奸的"证据"。

"真是奇怪！他们那么公开地双宿双栖，这里飞那里玩，少说也有十几回了，从不避嫌疑，还要什么证据呢？"来自四百年前的明朝代表、一位道貌岸然的师爷一边说，一边抚摸着长长的胡须道："我们那时候啊，男子独自去拜访女子，孤男寡女的，一旦被发现，便双双五花大绑，扔到大海浸死！证据？要什么证据呢？"

来自一百年前的民初代表摇摇头叹了一口长气道："纵然是我们那年代，也还是男女授受不亲，现在他们一起旅游，形影不离、出双入对，还拍了那么多照片，还要什么证据？难道要酒店的入住记录？"

"说得有道理。"来自九十年前的代表、一位看起来还是那么精神抖擞的长者哈哈大笑了几声，"你弄个酒店记录也没用。人家也许是绅士淑女，同房不同床呢。不过，想当年，我们反对父母包办婚姻，争取恋爱、婚姻自由，已经搞得整个社会天翻地覆、轰轰烈烈了，因为从来没有过。但前后至少经历了一两千年的历史，现在还没到一百年，就来争取婚外情自由，会不会太快了一点？"

话声刚落，50年代的代表人物已迫不及待地说："我和我老伴是在60年代结婚的。结婚之前，连搂抱接吻也很少，找一些黑暗的公园僻静一角偷偷摸摸进行，哪像现在，在地铁、在国际会议的会场外、在晚宴上、在集体活动时那么公开地搭肩搂腰、交头接耳、卿卿我我……还要什么证据呢？"

"我是70年代结婚的，婚前哪里敢睡在一起？不要说我们的父母不允许、看管我们好严格，连我们自己也很自律，不敢越过界限半步！"一位约莫六十、样子朴实、憨厚的中年人摇摇头说，"现在像我们这样的思想已被讥笑为老土、不合时宜。现代青年人喜欢婚前同居、试婚，合则结合，不合则分手，已几乎没有人到新婚之夜才有性关系！"

刚刚说完，一位看来三十岁左右的青年说："当年，我读教育文凭，读到《性教育》那课程，以为要上个半个月或三四个星期的，没想到只上一堂课就结束了。老师拿了一张男女身体构造挂图挂在黑板上，还拿了一个安全套给大家见识。他说，拍拖男女之间，谈太多爱情和性爱理论都没用，最重要的是懂得使用安全套！也难怪有妇之夫和有夫之妇都变得那么勇敢！"

一位新婚的少妇已忍不住，摇摇头，她的波浪型长发随着她头的摇摆而飞扬："听你们的言论，我还怀疑自己生错时代，生活在古时候。我还记得我找的第一个男朋友，他那时知道我还是处女时，便大为惊讶和失望，怕不能适应他。由于价值观不同，我们很快分手了。现在的这个丈夫，算来已是第八个，婚前彼此的性经验都已很丰富。"少妇平静地叙述，令其中一两位审理员暗暗发笑。先前那个明朝师爷这时显得有点怒，冷笑几声，问："那按照你的意见是——？"少妇很平静地说："这种婚外情的事，属于个人隐私，他们觉得这样很开心，就让他们开心就是了，何必由我们去多管闲事！"

全场哗然。

"问题是他们的配偶已委托律师告上法庭！"民初代表插嘴道。

"你们都在说废话！我们的重点是找证据！在我们的文明社会，婚姻是受到保护的。但原告缺乏证据，对他们非常不利！"法官打断了紧张热烈的讨论。

一时间在座的几乎是异口同声、面面相觑地问："证据？"

当年做过五四新青年、并参加过游行的审理员笑道："要找到他们上床做那事的证据不容易。一、派人跟踪，在酒店钻墙孔、装微型摄影机是犯法的；二、暂时还不清楚他们是否有自拍自赏的嗜好，即使有，计算机档案也要有外泄的机会，我们才能取到证据！法官大人，您说呢？"

"好吧。没人要说了？"法官说，"先表决。赞成婚外情男女有罪的举手！"

赞成的有四票，反对的有三票。本来普通案件法官无权投票，只有特殊时刻可以使用，他见形势不妙，加投了一票反对票，形成四比四之局。这时，他说：

"结果为五票对四票！"

"五票？"在场的七人都很奇怪。

"还有一票是缺乏证据！"法官说，"文书起草吧。宣布婚外情男女无罪！他们的配偶（原告）犯诬告罪，关押二十天；众人犯传播谣言之过失，警告今后不得再议论！"

入场

一张布告贴在一家酒楼三楼签到处一侧，明码实价的，非常醒目：

永远荣誉会长 100 万

荣誉会长 80 万

永远名誉会长 60 万

名誉会长 40 万

会长 30 万

副会长 10 万

（注：坐红台者加 5 万，上台者加 10 万，以上货币单位为港元）

杜太泉先生走到签到处，几个小姐都不知道他是谁，没打任何招呼。他左右两位高头大马、虎背熊腰的保镖一脸怒容，似乎想要爆发，杜先生摆摆手阻止，身旁的秘书小姐从手袋里取出一本支票簿。

"开 100 万？"女秘书问。

"连上台算，就开 110 万。"他说。

杜先生的支票交过，有专人引他进入会场，让他坐在红台一座位上，那人说："开会时司仪会叫您名字，有位小姐陪您上台。"

杜先生的思绪一如缓慢的流水，流到二十几年前。在那艰苦的岁月，他很困难地过关闯将，才在职场上找到一份工。当时的"入场券"就是中学毕业证书、成绩表、大学毕业证书、硕士文凭等七八种学业证件，而且大学是越名牌越好……

他的思绪流得更远，那是五十几年前，他由阿姨带往，想入读一家稍具名气的幼儿园，记得"入场券"就是一张简单的有关"家庭情况"的表格。他见"父亲职务"栏内填上如下字样的小朋友都顺利被录取了：

××集团总裁

××跨国有限公司董事长

××机构董事总经理

××市公安局长

××市副市长

×××××会会长

××银行行长……

　　唯独他被拒之门外，始终不会忘记，口试时，校长问他："你填'自由职业'，到底你爸爸是干什么的？"他答道："我爸爸写写稿。"校长冷笑："写稿匠！在香港和穷光蛋差不多。我们这一家，不合适你来读。"

　　这时，大会司仪喊他名字，不见了他的影踪；只发现他那张110万面额的支票背面写着："捐款用于赈灾，不是给你们吃喝玩乐！拒绝任何名衔的收购！"

　　没任何人知道他是谁。

秋风初起

秋季是思念的季节。落叶铺满小径、发出"咔咔"响声的时候，小苏在居屋附近的小径上，牵着妻子勤儿的手散步，又想起了几十年前的一个秋季。

那时，他在世界很多地方漂泊了不少日子，终于来到了异国的一个小镇歇脚。白天，他在一间餐厅打工，做主厨的助理；那么巧，一位在该市镇留学、半工半读的少女勤儿也在这家餐厅洗碗，赚取学费和生活费。他们就这样认识了。不过，白天大家忙着工作，无法交谈或有太多的接触。

只是，这相识的日子在秋季，小苏记得很清楚。

傍晚时分，吃过晚餐，那么巧，他们都去同一间补习学校补习英文。

勤儿二十五六，孤身只影地在异乡读书，难免与同肤色的人有亲切感。因此，当大她两三岁的小苏提出一起结伴上夜校时，她也非常乐意。通常，在餐厅收工、吃完饭，已是华灯初上的时候，差不多是七时半的光景，他们就乘车到补习老师那儿补习英语。

那么巧，他们补习的时间都是一个钟头左右。小城治安并不好，勤儿有人相陪，当然很高兴。第一晚，当他们知道回家也顺路时，勤儿打心里高兴起来。

小苏说："我们搭二号车上课，补习完我们一起回家。我比你多坐一个站。"

勤儿说："下了车又要走十分钟，我有点害怕。"

小苏说："那我送送你。气候凉爽。我看我们还是走路回家吧？反正也不赶时间。"勤儿说："也好，也可以省些车费呢。"

补习完毕，约是九点。走出补习老师的家，走在两旁都是树木的马路上，但见月色如水，树丛中不时透出窗内满是灯光的别墅。不知哪儿的人家，传出哀怨悠扬的小提琴声，触动了两人不同的乡思。

每晚，都是小苏送勤儿回家。秋夜的风已有些凉，感觉非常凉爽，这一晚，他看到勤儿衣着似乎有些单薄，就把自己搭在手弯的长袖衣给她披上。

他们已走到勤儿住的公寓。

"你家呢？"勤儿问。小苏指了指前方："往前走，大约走一个站吧。"

勤儿开门走进公寓。小苏很快消失在马路的树丛中。

　　却是有好几次，勤儿上三楼后偶然从阳台往下看，想送别小苏的背影，看到的小苏却是倒回走，没往前行。心中感到好奇，然第二天却因工作忙碌而忘了问。

　　与勤儿一起回家的感觉真好，小苏多么希望日子不要有任何变化。

　　两年将尽，他们补习也差不多将告一段落。小苏和勤儿日夕相处，感情已不同往昔。他们牵着手上补习班，牵着手回家。他们决定下个月平安夜就要举行简单的婚礼了。

　　补习的最后一天，也是在一个秋夜。小苏说："送你的日子真幸福。"

　　"我没到过你原来的家。"勤儿说，"我想去看看。"

　　"没什么好看的，还不是单身汉的一张床。"小苏露出神秘的笑。

　　"走吧！"勤儿说。

　　"走。"小苏牵着勤儿的手，却不是往前走，而是往他们来的方向，也就是他们工作的餐厅方向走。

　　"去哪里？"

　　"你不是要看我住的地方吗？"

　　"你不是说往前走一个站吗？"

　　"我其实是住在餐厅旁边的一栋旧公寓里。"

　　"啊？"勤儿感到万分惊讶，"那两年来……你都是特地送我和陪我？"

"陪倒不是，因为我英文也不好，确实需要补习。"

"那送呢？"

"送真是特别送的，补习结束，如果回家不骗你说我的家在前面一个站，我怎么有机会和借口送你，又哪有时间接触你呢？"

"难怪……"勤儿装着有点生气，"两年来我像个傻子被你乖乖地骗。"

"追你可不容易——我们一年有二百五十个夜晚补习，两年总共五百个晚上，每个夜晚我都要多走两公里送你回家，加起来就是一千公里。一起走过一千公里，最后你才愿意把手让我握住。"

勤儿笑了。心中感到一阵温暖。将小苏的手抓得更紧。

如今他们已步入中年，离开了那个异国城市。他们回到了香港。可是每每到了秋季，秋风初起，小苏总会回忆起那美好的秋夜和那难忘的一千公里路程。

爱在全场灯灭时

　　这不是在戏院里，电影也没有在放映中。

　　千万不要误会，我也没有"偷吻"他。

　　不过是在一次征友的电视节目中。照说像我这么肥胖的女人，不该丢人现眼，出现在此类公共场合。随便相亲或就地取材就可以了，可叹我连这样的机会也没有。我和我的家庭与外界接触少，工作机构也没有未婚的异性同事。

　　我是茶餐厅的洗碗女工，多少人会看中我？周围都是阿姐阿叔级人物，一见到我人高马大、粗粗壮壮的，都嘲笑我为"超级剩女"，没人要，一辈子都做老姑婆算了。我偏不服气，非出去碰碰机会不可。

　　参加那个在城里热爆的当红节目吧——缘来缘去。女性主义当头的21世纪，女性过剩。照道理说，本来应该是由一个男人来淘汰征友的女嘉宾，毕竟男女一比三十的比例悬殊太大，但居然将"淘汰"那个来征友的男嘉宾的权力交给了我们。世界之怪事，以此为最。参加者共三十人，我被编为"8"号。

论容貌，不是我谦虚、自嘲或自卑，三十个女性中，我的综合评分估计排在倒数第一。这样，从身材到容貌，我的胜出机会已非常渺茫了。

三十个女子身边都有一盏灯。

女子熄灯，表示淘汰那男子；留灯，即表示中意那个男子。

男子写下其中一个"最爱女生"的号码，由主持人保密。看看有没有奇迹或戏剧性情况出现吧。那个男子自我介绍他的情况——如何生活在农村，如何一家人陷入困境，最后又如何到城里到处乞讨，终于事情有了转机，在朋友协助下，在农村种出一片番薯田。他又说，如今每天都要劳动和分享在收获期的快乐，每天如何起早摸黑……

场上的灯不断熄灭，最后仅剩下五六盏，包括我的灯。

我以为我们为他留灯的五六位女子，必有一场激烈的龙虎斗。在我看来，找丈夫不在于住在城里，不在于有钱……敢于创业、勤奋努力工作的人，就有希望，就是好男人啊。没想到当他老实地说出了他的三条缺点时，除了我的，那四五盏灯也灭了。这样，全场的灯都陆续灭了。

场上响起了有如"机器心脏"般扑扑、扑扑有节奏跳动的声音。

全场黑暗，看不清任何人的脸容，自己也只听到心儿乱跳的声音。

我被唤叫，走到舞台中央，与该男子面对面。我处在一种被动的地位，取舍的大权稳掌在男子手中，他马上可以放弃我啊。我很紧张。

此时，最紧张时刻到来，伴着他慢慢向我走来，银幕上也将男子的"最爱女生"号码打出来——

"8"号。

骨灰

　　捧着那一罐骨灰，犹如与阔别三十余年的父亲拥抱，他一点都不怕。

　　在海关，骨灰与装着它、保护它的公文包一起过黑箱检查时，他早就做好思想准备会被截住。因此，还没等出入境处的海关人员喊他，他就先乖乖地将公文包提起，走到海关跟前的长台上，从公文包内取出卫生署开具的准许证递过去。那人看也不看骨灰罐一眼，只是将文件细读了很久很久。终于放行。怕什么怕！又不是毒品、违禁品或其他什么东西呀。他在心中默默地想。

　　前天，将父亲的骨灰从庙里领出来，他就为怎样放置它而伤透脑筋。骨灰，酒店虽然没有明文规定不准带入，但他们很忌讳。他也不愿想那么多了，骨灰装在公文包里，进酒店的时候，照样将它放在检查台，警卫提了提，好沉，但也不问是什么，一样放行。在酒店房间，朋友说，今晚它将与你过夜喔，问他怕不怕。奇怪，怕什么呢？正如中国人每家每户都要祭拜祖宗一样，骨灰与遗像没有什么不同呀。那么，上飞机时，好不好装进皮箱拿去托运呢？朋友说，不迷信的话，其实也没什么，只是，将"父亲"（准确地说，是"父亲的骨灰"）装在皮箱里，主要是担心父亲受委屈而已，如果没有这种担心也就不要紧。但他反复想了很多，万一装在准备托运的大皮箱里，托运被发现，又要开箱取出来，岂不是很麻烦吗？最后，他决定将骨灰随身带。无论如何，这才是上上策。"骨灰要亲自捧在胸怀里。"——这是中国千余年来孝子贤孙的传统名言。

终于进入机舱了。

按照以前的惯例，他都是把公文包放在脚下，因为他乘飞机时通常都会把一两本书放在公文包内，方便旅游途中取来看。一想到如今带着父亲，他认为让他委屈在地上那是太大的不敬了。于是，他一反常态地捧住，双手将骨灰高举过头，推进上面的行李舱。伸头看一看左右没有什么可能会压坏它的重磅行李，他才放心坐了下来，松了一口气。

飞机在转身，准备起飞。

想一想父母大半辈子聚少离多，不禁黯然神伤。那时候他还小，不知道生活的艰辛。父亲从家乡金门出洋到南洋后，娶了母亲，就只身当海员行船去了。很久才回来一次，又匆匆走了。后来，他们举家搬迁到大城市，父亲到外岛采购椰干，用船载到大城市卖。依然两三个月才回来一次。儿女们一个接一个到香港读书去了，留下孤苦伶仃的母亲一个人在家。父亲辛苦了大半辈子，突然逝世，母亲坚强地处理了他的后事，还处理了他生前没处理完的生意上的事。当时由于儿女读书请假和办手续不便，没办法回南洋奔丧，母亲由亲戚帮忙，将父亲安葬在南洋，一个人投奔安家在香港的儿女去了。

飞机的轮离地，向天空冲刺。声音轰然。

与父亲的安息地一别就是三十几年。母亲比父亲多活了三十几年。父亲安息在南洋的土地上，也寂寞地躺了三十几年。儿女们只要飞来南洋，都会到父亲的墓园向父亲烧香祭拜。母亲晚年生病时，预感到来日无多，交代他们，希望儿女到南洋雇人将父亲的棺材挖起，遗骨运到火葬场，焚化成灰。然后将骨灰运回香港，和她的灵位及骨灰放在一起。当时，他和兄弟姐妹商量的结果，是仍活着的母亲与去世了那么久了的父亲，虽然遥居两地，但几十年来儿女生活工作身体都相安无事，说明父亲的风水还不错啊，就不要搬回来了。维持现状，不是很好吗？母亲也不固执，就同意了。

空中小姐送来擦手的热毛巾。他擦了擦，继续闭目假寐。

眼中不知怎的，出现了母亲临终前的情景：约有二十几个儿女、孙子围绕在母亲病床的周围。母亲去得十分安详。他们每一个人都给了母亲最后的拥抱。想想父亲，离世时居然无任何子女在一侧，那是太寂寞和冷清了。一直到母亲去世前一天，她又提到了父亲的墓，说是年代久远，墓碑上的刻字红漆已剥落不能辨认，要修一修了。乘着母亲离世百日后的一次集体祭拜，子女们商量后决定将父亲的骨灰取回来，和母亲的摆在一起。父亲和母亲生前长期不在一起，就让他们在另一个世界团圆吧。

开始送飞机餐了。

他吃过，要了一杯咖啡，看了一会报纸。睡意漫上来，闭眼，又看到了挖棺那一天。午夜四时许，他们就来到了墓地，协助挖土的四个工人也很早就来到。按照中国人的习惯，遗骨不能见光，故要赶在太阳升上来前完成挖棺程序。没想到一切都很顺利。连火化时间算在一起，未到上午九时，已完成了必要的礼仪和程序。父亲的骨灰装在罐子里，由他捧着……

飞机终于着陆了。

父亲终于回家了。

几天以后，他们兄弟姐妹来到父母的灵位献花祭拜，在焚烧的香烟的缭绕中，他们打开一个小窟窿，看到了长期别离的父亲和母亲的两罐骨灰并列而摆，感到一阵阵欣慰，一个个流下了温热的泪水。

肉气球

  上午又运来五大筒的氧气。搬运工人按照大嫂的吩咐，将它们摆在房间靠近窗口一侧的墙边。大嫂拿着工人递过来的发票，走进自己的房间。她打开床边的柜子抽屉，又将发票上的余数看了看，数目不小，禁不住皱了皱眉头。她拨了电话，是丈夫接的。"阿松，再这样下去，我们的储蓄都不够了，你看怎么办？"老公说："订还是要订的，我们再和两个妹妹商量。"大嫂说："不是我受不了，遇到你失业快半年了，我们也不忍心拔喉啊……妈妈这样都已经快十年了，十年都走过来了呀！"老公说："这样吧！打电话叫杏妹和菊妹来家，我们晚上开家庭会议。"

  打完电话，大嫂走进母亲的房间，看一看母亲的动静。母亲很胖，仰躺着，眼睛紧闭，她的鼻子戴着氧气呼吸机。那橡皮管子连着在床边竖立着的巨型氧气筒，模样好似旧年代从飞机扔下来的炸弹的十倍大。母亲一动不动地这样躺了十年。她不会说话，也没有意识。然而远远看去，母亲的呼吸平匀而富有节奏，完全像在熟睡着，像个肉气球。再走近一点细看，母亲的脸色红润，隐隐约约可以听得到她呼吸的声音，而她的胸部，一起一伏的，与健康的人无异；然而外人不会想到她成了植物人，已经十年了。母亲的不幸源于一次跌倒，后脑触及墙壁，受到重创，昏迷了一天一夜，虽然抢救过来了，挽回了一条人命，但已醒不过来。一家人多么希望，像许多电视剧里的植物人那样，亲人们永不放弃，一直耐心等待，终于奇迹出现，病人醒过来了。尤其是那朝夕相处的父亲，希望老伴醒不过来只是几天的事，他依然将她当活人看待。每天烧香拜佛，期冀上苍有眼，让妻子与他终老。因此，大媳妇晚上煮好一台饭菜，他总会叫她在母亲坐的位置如常地摆上一套碗筷。就这样几年过去，希望越来越渺茫，父亲也显得越来越苍老和悒悒寡欢。到了第五年，没料到父亲竟在一个晚上心脏病突发去世。大嫂想到此，叹气唏嘘。当然，这十年来，母亲的照料也几乎全是靠她。输营养液、抹汗、更衣、擦身、排泄等一切琐事，无不做得周全完美，连大姑杏妹和二姑菊妹也自愧不如，庆幸母亲找到那么好的媳妇，阿松找到那么好的老婆……大嫂又想到她们的家庭境况，心儿不禁紧缩了一下，不知晚上会出现什么情形。

阿松回来，到母亲房间探望。母亲脸色红润，与活人无异；她的呼吸，依然那么平匀有力。看来母亲再活十年绝对没有问题。他一时不知感觉是喜是悲。假如母亲有朝一日突然醒过来，所有的付出和等待都值得啊。问过医生，将来母亲的发展会是如何？医生摇摇头，说很难说的，什么情况都会发生。也许明天病人突然所有意识都恢复了，也许十年内母亲还是维持昏睡的状况……这仍是医学史上的盲点。母亲每天的开支，至少相当于他们每个人每个月的生活开支的总和，他已越来越感到吃力了，何况家庭情况远远不如他的两个妹妹。晚上她们会表示怎样的态度？或者是将决定权全部交给他？或者坚持人道主义，高调高唱入云，却是没有任何具体行动？阿松在母亲床前沉思，老伴走进来，悄悄对他说："你要抓好主意，心中有数，晚上才好做出决定，我估计她们会像上次一样，把决定权交给你。"老伴继续说下去："簿子的存款已没多少，好不好就把我们的金器变卖，现在金价飙升。"阿松吓了一跳，说："全卖掉也没多少。不如将楼抵押，向银行借款。问题是我们这超过五十年的老楼，银行要不要。纵然可以，又可让母亲维持几年？"两公婆你一言我一语，找不出任何方案。

晚上杏、菊姐妹俩登门，首先进房间看望母亲。大约十分钟后，阿松夫妇进来，也站在母亲床边。"大嫂，你把母亲照顾得那么好！"杏妹称赞道。"大嫂，要不是你。母亲不知会怎样！"大嫂说："这是我分内的事。我真希望皇天

76

不负有心人，妈妈明天就醒来啊。"

　　接下来是开紧急会议。阿松把自家的经济情况都说了。重点在于为维持母亲的生命，他们十年来已经尽了一切努力，现在家里经济出现了问题，希望大家商议今后怎么办。阿松不敢把话讲得太露骨，生怕引起误会，十年来对母亲的努力和孝心毁于一旦。两位姐妹明白自家经济很差，客气地说，大哥大嫂十年来出钱出力最多，就由大哥大嫂决定。不知怎的，话题牵涉到"安乐死"，但说下去很敏感，大家欲言又止；一忽儿大家又感叹目前医疗政策没有任何资助植物人的条例，要不然母亲的事不会给大家造成那样沉重的负担……

　　会议七嘴八舌没有结果。阿松皱着眉头送别姐妹，感到两肩上的重担比以前更重了。他和老伴非常疲劳，但照例在睡前走进母亲房间，看看母亲。

　　母亲脸上的红润没了，代之以一片灰暗。不知什么时候起，胸部也不再一起一伏，已完全没有了呼吸。

　　他和她面面相对，感到万分愕然。

天堂餐厅

望着外面排着的领饭盒长龙，徐老太太伸头张望，还是没有他。

这，已是天堂餐厅开张的第九十九天，队伍里还是没有老伴的影踪。她抹抹潮湿的眼睛，心想，这难道就是她和老伴的结局或永别方式？

她的思路不禁回到了三个多月前。那一天多么平常。他们在外面吃中饭，吃过，他就四处逛去了。八十几岁的丈夫，前几年一点都没老态，脚步轻巧，活力十足。但近一年记忆力开始衰退，反应迟钝，半世纪前的事，一幕一幕地记得那么清楚，犹如昨日；然而刚刚发生的，他会马上忘得干干净净。

平时，从茶楼吃饱后，约莫是三点钟光景，尽管医生初步判断他患了老年痴呆症，他还是可以慢慢摸索着回到家。毕竟数十年如一日啊，太熟悉了。

她没想到他那一天终于走失。走失这一天，他戴着鸭舌帽。平时六点左右他就回来睡觉，那一天，她等他到八九点，一直到午夜，都不见门铃声。他不喜欢带手机。徐老太只好报警。她一夜没睡。天一亮她就出门，跑遍了他最喜欢去、最常去的地方，邮政局啦、老商场啦、古董铺啦、旧书店啦、邮票铺啦……问问那些小店的老板，他们都说徐老很久没来了。

　　第二天、第三天她仍不死心，又出动两腿，又跑了几条他常去的街，都失望而归。老伴可能会被收留在哪一所老人中心？这些，她不熟，没办法联络。

　　一个星期后，她在西区租了一个唐楼楼梯口下面小铺位，专卖邮票。她请来了一个闲在家的女友看店。她说："他喜欢逛邮票铺。没有一家邮票铺他没去过。"

　　一周后，她又在闹市一个人来人往的街角开了一家免费餐厅——"天堂餐厅"，自己当主厨，还雇了一个失业的小伙子当她助手。餐厅供应免费盒饭，每天限量供应二百盒。虽然简单，但鸡蛋火腿、青菜豆腐轮盘上场，颇受欢迎。中午十二时开始派，不到两点已经被领完。长龙，在门口绕了几大圈。排队领饭的都是无依无靠的孤独长者。徐老太想，"老公他要吃饭，一定风闻天堂餐厅大名，总有一天会在队伍中出现。再说我做做善事，老天会回应我的吧。"

　　此地租金、人工昂贵，不到四个月，她已耗费近七十余万元港币了。

第一百天，为庆祝开张百日纪念，预告盒饭加菜。十一时，外面长龙已蜿蜒到小巷里，落得警察要来维持秩序。她慢慢从龙头走下去一路巡视，看看有无奇迹发生。走到第一百九十九个，她看到一个戴着垂得低低的鸭舌帽的人张着好奇的、痴呆的神情望着她，她的眼一热，大颗热泪霎时涌出来，狠狠捶了他一拳，将他拉出来。

婚纱

　　一对五十出头、近六十的夫妇，在一家婚纱公司的橱窗前停住。良久，终于鼓起勇气推门进去。他们跟老板说明来意，女老板热情地招呼，让那妇人试了一袭又一袭婚纱，最后，夫妇俩对看了一眼，婚纱没有租下来，推门出来。

　　"庆儿工资不高，下个月就结婚，逸婷家境穷，我们还是把租金省起来，把钱送给小婷租漂亮一点的婚纱吧！"

　　"好啊，老公，反正我们只是补拍，以后机会有的是。"

　　一个月后，媳妇逸婷和儿子阿庆结婚时，穿的婚纱是浅紫色的，非常漂亮。

　　五年后，这对夫妇又进到另一家婚纱公司试婚纱。他们巡视了室内的各色婚纱，妇人试了一袭又一袭，最后，夫妇俩对看了一眼，婚纱没有租下来，推门出来。

　　"颖女三个月后就结婚，她们储蓄不足以应付各种庞大的开支，我看还是把租金省起来，贴贴他们吧。颖颖打扮起来更漂亮了。"

"这是你说的，老婆，别怪我才好。"

三个月后，女儿欣颖结婚时，穿的婚纱是深绿色的，美艳极了。

八年后，夫妇俩下决心去补拍结婚照。他们又进到八年前那家婚纱公司。八年岁月不寻常，这家婚纱公司扩大了五六倍，还发展成连锁公司，而价格也变得昂贵得惊人。妇人试了一袭，不好意思，不敢再试下去。最后，尽管先生向她打眼色，婚纱还是没租成，推了门出来。

"价钱哪能跟八年前比？现在什么东西都起价嘛，补拍婚纱照，也是你提的建议，我们已拖了八年了，算了。再不拍，要拖到什么时候？"

"我就是不甘心，不过拍一两小时，就让他们赚那么多！再说吧。何况，明年紫琪就要结婚，她刚刚工作不久，没什么钱，就送一袭婚纱给她，当嫁妆中的一份礼物吧。"

一年后，小女儿紫琪结婚时，穿的婚纱是粉红色的，来宾们惊为天人。

又过了几年，老夫妇因身体日差，虽然内心深处仍存补拍结婚照之念，但心有余而力不足，日子一天拖一天……

妇人病逝那一天，她先生伤心过度，半天之后，也离世了。

儿女们都知道他们的生前心意，在与他们的遗体告别时，特为母亲换上了一袭名贵的、美丽的白色婚纱，也为父亲换上了一套崭新的、笔挺的新郎西装。

还为他们拍了最后的结婚照。

转角照相馆

晨风刮着，落叶在地面上滚动着，发出沙沙沙的声响。

这一区都是五十年以上的唐楼。前面一条大马路，尽管属于双层路，但行人稀少，大半天不见一个人影。大约在中段，有一条横街，密集并排着一列都是五六层高的唐楼。唐楼窗外，架满横七竖八的晾衣长竹竿。横街偶然有一两只流浪狗走过，对空乱吠几声，之后，就静得犹如死寂的墓地。

那照相馆就在大马路和横街交界处的转角。也许就是这个原因，馆主干脆就将它命名为转角照相馆。木门很残破，除了馆主上班，每天发出窸窸窣窣锁匙钻锁孔、然后"咿呀"的一声开门声，到了一天将尽、再次重复之外，不再有任何其他声音了。

最令人销魂的是傍晚时分，太阳的余晖照在转角照相馆外面的橱窗上，反射出残黄的余晖，与橱窗内泛黄的、四角卷起的旧照片相得益彰，构成一种天然的怀旧色彩，也慢慢地退出人们的视野了。

照相馆的丘老板今年已六十岁。老伴在十几年前离世时，他失去了一个好帮手，加上生意清淡，本来就要把照相馆结束掉，但他舍不得，就这么保持到现在。尽管已几乎没有什么生意，他还是准时每天早上九点就到照相馆上班。储蓄的老本快要吃光了，一年前他做了一个重大的决定，将六楼的居屋卖掉了。唐楼不值多少钱，他完全明白，但也可吃它几年吧。过几天就是交楼的日子。他就要搬到照相馆来住了。

新儿不久就要三十岁了，当年他读到高中就读不下去，既然对厨艺有兴趣，就把他送到厨艺学院学做厨师，还没毕业。丘老板想，这家照相馆留传给儿子不现实也不合适，会害死他。何况十几年前他就已多次激烈地劝老爸将它结束，他就是不肯。儿子的话如今还在耳际响着：爸，照相技术大革命，数码机越出越新，照相馆行业这十年来像骨牌连续倒下的效应，在我们这个城内倒闭了几十家。如今人人都是摄影家，人人玩自拍。连做证件的相片、全家福的照片都是自己拍了……谁还上我们照相馆照相！照相馆怎么可能还会有生意！……在事实面前，他无法和儿子辩论，是的，早就该结束了。只是四十年来的感情，这儿的每一件过时的工具，包括那些老爷摄影器材，什么蒙头摄影机啦，打光伞啦，老爷椅子啦……都像有生命似的，令他十分留恋、不忍遗弃。记得 60 年代末期，他从父亲手中接棒时，父亲就跟他说起转弯照相馆的"威水史"——照相馆拍得最多的是全家福。但有一次，一位父亲牵着一个十一二岁的漂亮女孩来此拍合照，他将洗出的相片贴在橱窗里，大约一年后，一个电影公司的老板走过，看中了女孩，联络上父亲，从此，女孩被发掘出来做明星还频频获奖，改变了一生的命运。还有一次，也是一个女孩，不过这次是由母亲带着，年龄更小，八九岁光景，拍的是个人照。父亲拍得很满意，见女孩天真可爱，将她的大头像贴在橱窗内。一个著名导演走过，被女孩的笑容吸引住，也走进照相馆，要求见见女孩的母亲，想邀请小女孩做一部电影里的童星。从此，小女孩成了著名的童星，演戏一直演到成年。父亲说，他仍记得，母女家庭经济不好，取像付款时还要求优惠些呢。两件新闻在报纸上刊登后，非常轰动，一时间，不知多少做明星梦的少女争先恐后到与"明星"有缘的转角照相馆拍照，并要求父亲相片洗好贴在橱窗内。那几年，照相馆的生意如日中天，转角照相馆的业务处在最顶峰，不知有多少人跟风，也开起照相馆。"什么生意、行业都是有起有落的……你要坚守着。"这是父亲的最后一句话。完全没想到从父亲那里接过手，竟也四十年过去了。他苦苦支撑到现在，已没有退路了，连住屋都卖掉来贴生活费了。儿子的学费他仍在负担呢。

看报纸看到一半，丘老板打起盹，想的竟都是这些不堪回首的陈年旧事。

中午，他叫外卖，一盒饭不过二十元，他也分两餐吃，留一半给晚餐。他将二十元纸钞交到送饭的小伙子手中时，还多给了一只二元硬币。小伙子将二元搁在台面上不取。他问："什么时候搬下来？要帮忙吗？"他答："后天，家具基本上都不要了。一个小衣柜，较重，帮帮我。其他我一个人就行了。"小伙子问："阿新毕业了吗？听说在拍拖？""再过一个月就毕业，打算一年后就结婚。"小伙子在破沙发上闲坐了一会儿，与丘老板相对无言，站起，向他告辞走了。

住处卖掉后，小新也跟着老爸，在照相馆打地铺。

父子俩夜夜沉默。父亲不能给儿子留下什么，心中有愧；儿子学艺未毕业，无法供养父亲，内心也感隐痛。他说："儿子，我没什么给你做结婚贺礼，照相馆以后你把它卖掉吧。"小新心想："这偏僻地方的唐楼能值多少钱，照相馆又那么小。"但他没说出来，怕伤了父亲的心。

一个午夜，丘老板睡不着，摇醒儿子："帮爸爸拍一张半身照。"小新感到突然。数码机，一部两万多元的，他玩得出神入化，而五十年前的、仍要用黑布盖头的老爷机大家伙，他就不知所措了。老爸如此这般教他，小新很快上手拍了一张。

照片中的丘老板，精神奕奕，露出丝丝忧郁中的淡淡微笑。这是丘老板一生中的第一张相片，也是他最后一张头像。因为一星期后他心脏病发，突然去世了，相片成了他的遗照。

丘老板死后半年，小新接到爱护文物事务署署长的电话，约他商谈有关收购"转角照相馆"的事宜。他们开价一千万，修葺后会向公众开放，他们认为像这样几乎有将近一百年历史的古董照相馆，在现代都市里已很少了。在我们城内也仅此一家，观赏价值很高。小新认为对文物的保存和流传有益，没有异议。

这样，父亲对他的结婚贺礼，除了一个新楼的海景单位外，还有一场盛大体面的婚礼晚宴。新婚夜，他愧悔交织，流下了男儿泪。

十三吉祥

　　都说"十三不祥"。可是有人遇到的幸运事，都与"十三"有关。例如，朋友的老伴年前买了一个十三楼高的单位，因是十三座，又是十三楼，更绝的是又是十三号室，因为传统观念上"十三不祥"，业主开价就低于时价五十万，她赶紧买下；后遇到楼价一路狂涨，不到七八个月工夫出售，遇到不迷信的买主，那么一个小小单位就轻易赚了近一百万。还有，他们两公婆中六合彩三奖那次，特别号码就是十三。有次，家附近的超市举行除夕大抽奖，我中了大奖，号码是如假包换的"000013"！最绝的是，去年我们到印度尼西亚开会，订了十五号的飞机，后来因想多玩几天，想提前到达，改为十三号的飞机，没料到原订十五号的那次班机遇空难，搭客无一幸免。可见，"十三不祥"其实没有根据；相反，我们有着太多的对十三的美丽难忘回忆。

　　以下的故事也与十三有关。

那是一次大除夕的下午，在印度尼西亚椰嘉达，我和妻因腿疾去看一位非常著名的、我们已给他看过几次的中医郑达荣（本文用了化名）。进入小巷，开车的一时迷失方向，问问当地原住民，他们一听，马上知道他是谁，为我们指指点点，很快就找到了。

　　我们知道他妙手回春，医术异常高明，经常门庭若市。但完全没有想到这时段竟然来了那么多人，供等候的两列沙发、病人用的躺床、医生看诊用的两张椅子，也都被占据殆尽。我们一时之间尴尬得不得了，立在客厅中央。我将目光往那些病人望去，哗，男男女女、大大小小、老老少少都有，随便一数就有十三个！见到我们没有位置坐，几个大人叫几个小孩让座给我们，我们才在大门口边的两张椅子上坐下来。

　　这时，我才留心到，那十三位来到郑先生诊所的病人，不是分散、彼此没有任何关系的个体，而竟然是一家人！准确地说，是一个小家族！这话怎么说呢？原来，只要我们慢慢观察慢慢看，就会发现十三人其实是包括了三代人。这三代人中又包括了四个家庭。我们——尤其是老伴，是怎么判断的呢？是从场景和遗传观察到的。原来，不说不知道：从我们进来一开始，就看到有个长者坐在大堂的客厅中央。这个老人家，看来已过七十岁吧，正在脱开其中一边的衣服，露出半个臂膊给郑医生治疗。这等情景，令人想起了当年华佗为关公医疗箭伤的情景。郑医生为他包扎的时候，他的太太以及其他人，非常关切地不断在他周围转。这是当时的场景。若不是有血缘关系，一般的陌生人之间，不可能如此关怀。第二代中，有两个男的和一个女的，脸孔长得和父亲一模一样。我们估计那分别是他们的两个儿子和一个女儿，连他们的另一半和儿女都来了。也就是说，大儿子、大媳妇及一对子女；二儿子、二媳妇及一个女儿；女儿、女婿和一对子女三个家庭成员都出动了！而那个年纪最大的妇女，当然就是病人的妻子了！当他们走后，我们和郑医生谈起他们，我们的猜测果然没错。郑医生对老伴判断力的惊人准确性大为叹服！这是后话了。

当时，也许年龄相当，郑医生一边与骨骼有问题的病人讲话，一边为他包扎八十种中草药合成的膏药。时间过得好慢，我们客气地让郑医生慢慢来，慢慢地为小家族的家长医治，我们那么熟络了，并不急；医生笑笑，就和我们谈一些无关紧要的话题。终于，完成了包扎的程序。那位长者也穿好了衣服。

这时，一个很突然的场面出现，简直叫我们没什么思想准备。

当郑医生的助手收拾用过的胶布、纱布、草药等物，郑医生也坐回自己的看诊座位时，病人的两个儿子、一个女儿忽然以极快的速度抢到医生跟前，手上都各抓着一把钞票。

这三个人的另一半眷属和下一代，也都跟随在大人的身后，拥向医生看诊的大台。一时之间，将医生团团围住，而且围个密密实实，滴水不漏，小孩子非常吵闹的声音一时充满了客厅，情势有点像在兴师问罪！我们不知道究竟发生了什么事，只是觉得很奇怪。与医生讨价还价？为一家之主的健康担忧？嫌医生收费太贵？……无论如何，我想我们这一次是猜不出发生什么事了！

不久，一切都归于平静了，轮到我们。郑医生向我们招招手，让我们坐在他面前和左手侧，语重心长地对我们说："他们争着付钱。"他让我卷起裤管，给他看膝盖，我说明了情况；其助手忙着准备纱布胶布草药等物。他又看了老伴的手臂，感叹地说："你们都是职业病、提太重东西的后遗症！以后不能再逞强了！不能再提太重的东西了！"说到此，刚才的情景，又引发他的无限感触。他说："一个爸爸跌倒来看病，不但全家大小、连孙子十三口都陪着来，而且三家人抢着付钱！现在，在西方、新加坡等地都很难出现这样的场面了。你们香港又如何？"我摇摇头说："为一个爸爸生病，一个家族十三人全部出动，在香港是不可思议和不可想象的！"他又笑笑说："那还是我们印度尼西亚华族不错吧？如今还有那么感动人的情景上演！很传统、很中国、很标准、很古老、很经典呀！哪怕很少见！"

是的，要不是亲眼见证，我们不太相信在人心不古、西风东渐的今日，还有那么温馨、牵动人心的"人间有情"真事发生。

走出医生的家，回望他家门户两边贴的迎春对联：

事事如意健康为贵

家家和谐平安是福

横幅：吉祥满屋。

读到横幅"吉祥满屋"时，我想起了刚才"吉祥满屋"的美丽情景，而这"吉祥"不正是与"十三"有关吗？真不失为"十三吉祥"！

孩子和进餐

一对父母带着十岁儿子去 A 国旅行。

这双年轻父母相当重视子女的教育，经常为孩子的品德教育因意见不同而发生争执。他们都十分疼爱自己的儿子。

旅行团每参观过一个景点，下车用午餐或晚餐之前，妈妈总是对儿子说："我们动作要快一点，抢个好位置！"爸爸总是不以为然，批评妻子："你怎么可以这样教坏他！"

旅游前两天，妈妈因为爸爸的批评，动作放慢，还在用餐时劝儿子："先让人取菜，客气一点！"结果桌上肉菜很快被同台的八九人风卷残云般一扫而光，孩子总是吃不饱，害得下午、晚上的时光都要花钱再买些零食充饥。妈妈埋怨爸爸："你风格那么高，也没人说你好，害得自家孩子吃不饱！你这是算爱孩子吗？"

旅游后两天，妈妈不理爸爸的劝告，早、中、晚三餐，都拉着孩子的手向餐厅"冲锋陷阵"了。因为动作快，抢到了好位置，而且在用餐时，妈妈不客气地、不断地将台上的肉菜，尤其是那些大受欢迎的、富有特色的美点拼命地往孩子的盘碟上盛。一边盛，一边对孩子说："你正是长身体的时期，能吃就多吃，吃好身体好！"爸爸看不惯："你看，一围台的团友都在看着我们。好像几个月没吃东西一样，弄得我好没面子！"妈妈反击："我不同意。旅游费我们一分也没少付旅行社。再说了，我们欠谁啦？我们只拿了孩子应得的那一份给他！"爸爸说："可是影响不好啊！"

妈妈说："看你，唉！你还爱孩子吗？"爸爸摇头反驳："爱孩子？教会他谦让，才是真正的爱！"一围台的团友都瞪大了眼，看这对夫妻在悄声地争吵和冷战，发出会心的微笑。

最暖的衣服

天气非常寒冷，旺角专卖棉衣皮衣风衣等各式寒衣的店铺人山人海。

林小姐走到店前，被店内的热闹景象吸引，也拉着父亲的手走进去。

原来此名店不只卖寒衣，一些长袖衬衫、穿着贴身的薄质棉衣、各种厚薄毛衣也都有售。林小姐十分喜欢，也看得眼花缭乱。一件一件地挑，父亲似乎也有不错的审美观，不一会儿，就选了一大堆。

那位招呼他们的店员小姐，长就一副甜蜜的笑容，也不断地帮忙选。虽然号称名牌店，但款式多，价钱也不贵，她选的，林小姐也非常喜欢。

"可以一件一件地试，喜欢的才买。"店员小姐热情地说。说完，一位少妇模样的人有事找她，她说了句"对不起"就忙她的去了。

天气非常寒冷，林小姐和她的父亲选衣服都以暖和、能够御寒为首选。林小姐将自己的皮大衣脱下，就一件一件地试，每试一件，就走出来让老爸看。

　　"不错。"几乎每一件父亲都这么说，"我不只要好看！我还要感觉到暖和！"林小姐前后试了十五六件，都嫌不够暖和。这时，那位店员小姐走过来，又为她从仓库挑了新到的几件又好看又厚实的外套，林小姐一试就喜欢上其中一件了。

　　"好暖！样式也不错，好漂亮！就这件。我看这是你们店最暖的衣服了！"林小姐说。名牌店是铁价不二的，八百八十八元八角成交。林小姐是该店的会员，八五折优惠，也就七百五十五元。

　　回到家，换衣服时再试，林小姐感觉其暖和度完全不怎么样，和她在店里试穿时的感觉差得远了。她一时感到太奇怪了。难道名牌店也会骗人？突然，她看到脱下的五六件衣服中，多了非属自己的一件毛衣和两条薄棉质衣。

　　就在这时，电话响了，是刚才那位店员小姐。她问："是不是有三件衣服，林小姐在试衣时，忘了脱下就回家了？"林小姐说："是啊是啊，真不好意思不好意思……我们会送回去的。"

　　林先生指着那三件衣服，说："这才是你买下的'最暖的衣服'最暖的原因！"

已被录取

　　商场在举行招聘活动。整个商场被间隔成一个一个大约三乘三的单位，里里外外都挤得水泄不通。菲佣、家庭主妇主雇都在挤呀挤。有的眉开眼笑地走出来了；有的眉头紧锁，看来凶多吉少……

　　真妮和安雅近期失了业，相约来此找机会。她们从柴湾搭巴士到铜锣湾，再从地铁走出来，连走带跑地生怕职位已被一扫而空。走进商场，真妮眼尖，看到约十来米远，有个主妇的小钱包，因为前后左右都是人，把它挤压得从大钱包内蹦出来，跌在地上，她竟然没有觉察。真妮钻进人群，好不容易地把那小钱包拾起来。远看这主妇就要在眼前消失，她赶紧在人群中穿梭，记住她那一身的绿色，终于将她的衣服一角抓住。

　　"您的小钱包掉在地上！"

　　"谢谢！太谢谢了！"

做完这一件事，安雅看到每一条排队的龙尾到龙头的距离都变得那么远，就责怪真妮："都是你！"

"没关系——有什么关系。刚才我看那钱包鼓鼓的，钱一定不少。"

队伍人数渐渐少了，看来一个一个只好等通知了。轮到真妮时，中介公司的人望了望她，点点头说，"你就叫真妮？"真妮问："还要回家等？等多久？"

那人道："安雅要等。真妮不用。"

"为什么？"

"你已被录取了。"

真妮怕是听错，又问了一次。

这时，从里面走出一位穿绿色衫的妇女，正是刚才真妮把小钱包交给她那人。中介人说："除了勤快，她最大的要求就是诚实。"

主妇说："真妮，你不用面试了。你刚才的表现已十分足够！你今天可以开工了。"

大商场外的小摊档

　　一对夫妇到新加坡游览，度假十天，住在旧区的一家新酒店。听人们说这一区非常有名，有一家开了几年的美食商场，里面尽是大排档。但问了酒店柜台的服务员，他们只用手指了指方向，可是那一带马路纵横，他们转了几圈，就是找不到。

　　清晨，夫妇俩从酒店出来，过马路，就看到有两家小摊档，许多人在那儿吃早餐。先生说："看来不错，就在这儿吃早餐吧。"妻没意见。摊档老板娘是个中年妇，热情地招呼。他们要了两客包括水煮蛋、多士和咖啡的早餐。很快就和老板娘天南地北无所不谈起来，从生意说到旅游，又从粤语谈到闽南话，老板娘还问他们来新加坡几天……乘她忙着招呼新的食客走开去，先生对妻子说："我们问一问她，美食商场在哪里她一定知道。"妻笑了笑说："就怕她自私不说，担心我们不帮衬她了。"一会儿，他们还是问了她，没料到老板娘向街的一个方向一指，说就在那儿！其实，他们曾在那商场外走过几次，就是不知道它就是美食商场。

"奇怪，一点都不怕我们找到吃早餐的地方不再到她这儿。"

第二天，夫妇俩都心存疑团，到了大商场。果然，几十家大排档组成的美食广场，太引人了。他们吃肠粉啦、油条啦、三文治啦……可惜，大排档虽然有几十家，卖的货色却都差不多。他们不禁怀念那位老板娘的水煮蛋和多士来了。在大商场吃了两天，第三天，他们又回到老板娘的摊档。

"可以问您一个问题吗？"先生说。"您就问吧。"老板娘说。"为什么您要告诉我们大商场的位置呢？不怕我们不再到您这里？"

老板娘大笑："我还以为什么大问题！其实，我不告诉你们，你们迟早也会找到的。再说，做人不能自私嘛！有生意大家做呀！何况，你们如果觉得我的货色不错，你们还是会回到我这儿的。水煮蛋这种老土煮法，已不时兴，商场没人做，喜欢的人，像你们，一定还会回来呀！"

夫妇俩听了大为钦佩。

一如老板娘所预计的，这对夫妇只有两次早餐在大商场吃，其余七天都帮衬了她。

不同的嘉宾

小城进行美食大赛，特从海外请了两位嘉宾。

主办机构派曾诚到机场接机。十四点接到余冰先生。小曾问他要乘香港的机场巴士还是乘的士，他选了的士；到了酒店，小曾将酒店房间等级及价格表给他看，让他选择，他选了最豪华的"总统套房"；晚餐时，又是小曾陪同他，客气地请他点菜。由于只有两个人，点菜吃不完，余冰先生要了一客最贵的意大利鲑鱼全餐，每客二百八十元；回到酒店房间，在谈天时，当谈到只有评判费，而机票自理、讲座也属义务时，余先生大为不满，他说做这些事做了十几年，未曾试过那样地不被尊重，他平时好忙，请他演讲的机构、单位就排了长队，要是知道情况如此，他是不会来的。小曾听到此，已心中有数，突然进洗手间，打手机给上司请示；上司说："满足他。"小曾出来时，对他说："因忙，许多事疏忽了，非常对不起。"说着，掏出大把钞票，这是机票，这是演讲费，这是给他的零用……余先生一一接过。

　　小曾又赶到机场。十七点接到田山先生。小曾带他到的士站，田先生说："何必浪费，我行李不多，搭巴士就可以了。"到酒店，小曾将酒店房间规格数据给他看，随他喜欢，他说："白天都在外活动，只是晚上睡觉。"他于是选了最便宜的单人房。晚餐时，小曾问他吃什么，他选了一碟最便宜的、四十八元的扬州炒饭。他们回到酒店房间谈天说地，谈到机票自理时，田先生说："应该的，应该的，你们已花了不少钱了，千万不要再增加主办机构的负担。"又说："他收下评判费已很感激了，演讲费就不用了。"说着，他打开行李袋，把二三十本书取出来，那是印制得非常精美的、内有很多彩色插图的《美食文化随谈》。他说："这本书是我写的，那么多热爱中华烹饪文化的人来听讲座，很不简单，这些书，就送他们，每人一册吧。"小曾说："真是太感谢了。您花不少钱啊！"小曾将书接过，再三谢谢他的慷慨赠予。田先生说："我才该谢谢您们，给了我那么好的机会学习。"

　　上司在总结会上，偷偷地对小曾说："通过这次活动，我们不但认识了美食文化，而且认识了不同的嘉宾。"小曾听了，微微一笑。

爱的方式

　　一位父亲病了很久。他自知不久于人世，此生无求，只是希望儿女们经常来看他，于心已足。

　　这位父亲住在老大家中。老大为赚钱一天忙到晚，大媳妇热衷于活动、应酬购物和打扮，他们很少关心和接触他。父亲的生活起居都交给了用人。

　　老二和小妹都成立了家庭，在外另住，经济较差。他们每周都会来看父亲两三次。老大不满意弟妹，每每冷讽热嘲、向他们炫耀道："你们对父亲是不是爱和孝顺，你们自己心里最清楚！老实说，没有人会像我那样，不但留他住，还请了五个用人日夜照顾他！……"

　　可是父亲向他们投诉，他感到孤独寂寞。讲些过去的事情，老大往往只听一句半句，就忙办自己的事去了。由于白天没人能与他谈天，他过得并不愉快。

　　他总是寄望于周一、周三和周五、周日四个晚上，视为他人生的最盛大节日。前者，小妹夫妇会来看他；后者，老二夫妇会来探他。小妹有次煮了八宝粥，首次尝试，父亲就赞不绝口，仿佛在试着老伴生前的手艺，老伴又复活过来了。小妹见状，说："爸爸，要感谢妈妈，她教过我煮八宝粥呢。"于是，小妹夫妇每次来，都拎了一小钵八宝粥给父亲吃，父亲乐得眉开眼笑。

老二家境虽然贫穷，儿女又多，经济负担比较重，自家水果都舍不得买，但每次两公婆都会把父亲喜欢吃的火龙果切好，带来。父亲很是喜欢。他更为满意的是，老二夫妇已成为他最忠实的倾听者。那些陈年的芝麻西瓜，包含着许许多多人生道理和哲学意味的昔日故事，在老大夫妇面前是无法细述和发泄的，在面对老二夫妇时却完全可以无所顾忌地说出来。老二夫妇不怕父亲啰唆，遇到他发牢骚时，就会安慰几句；总之，总是将他的话耐心地倾听完，才起身告辞。

一年之后，父亲去世了。

他没有什么遗产，也就没有任何遗嘱，只有一封给三个孩子的信。信写道："老三夫妇：我吃到了最喜欢吃的八宝粥，留给了我美好的回忆！老二夫妇：你们成为我最后岁月的最佳倾听者，我一生再无遗憾。老大夫妇：五个用人令我很不习惯，一个其实就够了，为什么不听取老爸的意见呢？"……

大男孩的泪

终于等到了这个大男孩最动情的泪。

那个老爸等了几乎三十年啊。三十年也不奇怪，不正是而立之年吗？

孩子小时候，老爸为了让妻子多睡，每天早晨为在读小学六年级的男孩冲奶茶，搞早餐。老爸校好闹钟，总是在最瞌睡的时刻起身。几个三百六十五天，终于有一天，他忘了校闹钟而睡过了头，在蒙眬中听到儿子对他说："爸爸，你多睡一会儿。早餐我自己买。我走了！"他闭着眼睛甜蜜蜜地想，儿子有点长大了。

男孩中一的成绩表派了，只有一科是黑色的。老爸被通知"见家长"。他和妻子没有一句责备儿子的话。走在去学校的路上，老爸看到儿子眼中含着泪。

孩子在外地读大学了，因为有了女友又多爱了一个女孩，不为原来的女朋友所容，她当着男孩母亲的脸，甩了他一巴掌。情缘也就那样断了。他像婴孩扑在妈妈怀中哭了，长到那么大，纯真的他首次知道，原来恋爱也要遵守规则。

老爸从来也没想到，儿子有一天突然跪在他的跟前，懊恼地大哭，求他原谅，老爸吓了一大跳，不知发生什么事。原来半个钟头前，老爸很温和地劝他要多吃菜，不要偏食，营养才会均衡。他不耐烦地、粗暴地大叫"知道了！"妈妈批评了他，他突然觉得很对，良心和孝心在刹那间唤醒了他，于是，他就做出了那令老爸感到很突然的惊人动作。

男孩不觉长到三十岁了。凭着自己的努力，他有了不错的学历，做着为人师表的职业；在很多人的关心帮助下，他有了女朋友并将有温暖的窝了。

有一晚，他送过婚宴请柬回家，坐在饭台的一张椅子上，声情并茂地说起他到公屋给一位中学朋友送他婚宴请柬的经过，他说他不敢告诉这位朋友，他是驾着那架价值二十万元的小汽车来的；在听着中学朋友发牢骚说现在的小小单位租金就要七八千元那么贵时，更不敢说起他和女朋友花三十万元在装修他们的新爱巢的事……最叫他吃惊的是，与他过去在中学同窗一场，年纪应该都差不多，可是他也许长期做辛苦体力工作的关系，夫妇俩面部皱纹纵横，都苍老不堪，与大男孩脸的他，仿佛年龄差了十几岁。这位同学不无感慨地说："跟人家说我是你阿爸，人家都会相信。"大男孩说："我的个人境况，什么都不能跟他们说，担心打击他……"说着说着，大男孩竟流泪，哭了起来，他哽咽着声音："我不知道他们为什么会变得这样。"最后，竟大哭了起来……

老爸和大男孩的妈望着自己的孩子，觉得他此刻哭得最美也最动情。他的叙述完全是一种自然流露，他们听了却感到从未曾有过的震撼。

他真正长大了。

三十元与五元的故事

好久没到那家文具丰富的文具店了。这家文具店包罗万有，是刚上初中的林奇驹最爱去的地方，他可以在店里慢慢流连大半天，将每一件新产品细细欣赏。

下午放学后，他跟妈妈说要买一支红色圆珠笔，妈妈问多少钱，他说五元左右。妈妈没零钱，就取出一张二十元纸钞给他。他说："找回的钱我会还您。"

奇驹每月的零用钱，妈妈都是月头就给足。儿子这么说，妈妈也认同。

在文具店，奇驹在笔架上选取了他早就看中的五元红色笔，就到收银处付款。他拿出那张二十元纸钞给收银姐姐，那位姐姐找给他余款，将笔装在一个小塑料手抽中。奇驹一手抓东西，一手抓找回的余款。走了好一段路，他才记起该数一数找回的钱。心想如果是一张十元钞，一个五元硬币那就对了。他将钱摊开来看，不料竟是两张二十元钞和一个五元硬币，总共是四十五元。本来二十元减五元，剩下十五元就对了。如今找回四十五元，一定是收银的姐姐误将二十元看成五十元的钞票了。

找回的钱整整多了三十元！

这三十元可以买很多他喜欢的东西了！

他站在步行道的中间，脑子起了激烈的斗争。怎么办？怎么办？退回给小姐姐？他就不能拥有这钱了；归为己有，赶快买东西花掉？他的品德上从此就蒙上了污点！一想起父母一向对自己"要做个诚实的孩子"的教导，他不再犹豫，三步做两步，回头向文具店跑去。那姐姐正好闲着。

"姐姐，您找钱多找了三十元给我！"奇驹将情况仔细地说了一遍，并把钱全掏了出来。小姐姐对他的诚实行为大为欣赏。她收下两张二十元，拿出一张十元钞给他。当奇驹要离开时，她又从收款机内取出一个五元硬币，奖赏给奇驹。

奇驹很高兴。回家后把事情始末告诉妈妈。妈妈沉思了好一会，口气坚决地说："此事你们做得不对！"奇驹吓了一跳："我不对，还是小姐姐不对？还是我们两人都不对？"妈妈说："你们两人都不对！你跟我来！"文具店就在附近，一会儿，他们就到了。妈妈说："阿奇诚实，把多的钱退回，这是应该的，是做人的本分；即使要奖励，写一封信表扬就是了，不该用钱，一次五元，十次五十元，这样反而将诚实的价值贬低了！小姐姐，你没有经店铺上司或老板同意，就取了公家的五元奖赏阿奇，已经算挪用了，积少可以成多，好心办坏事呢。"说完，妈妈将那个五元硬币放在台面，推给小姐姐。她的脸涨得通红，阿奇也露出恍然大悟的样子。心想，妈妈说的很有道理啊。

放下即轻松

　　林鑫淼先生参加一个三天两夜到离岛旅游的旅行团。第一日导游带他们看古迹、吃美食和购物；第二天大半日行山；第三天也是要动用到脚，让团友参观一个位于海拔1000多米高的原始森林，上去需断断续续地爬1500多级石阶梯。

　　行山那天，大家都轻装上阵，却看到鑫淼背着一个大背包，累得满头大汗，背弓得好像一只虾，远远落后，走在最队尾。团友想帮他的忙，他却摇头拒绝。在途中一个草坪休息的当儿，一个团友见他的大背包好像魔术袋一样，变出许许多多东西来：五六本书、几种不同的汽水、毛巾、衣服、几罐糖果、各种纸张、药物、饼干、苹果等水果、杯子，还有大量的银行存折、信用卡、几大包首饰这些东西，别看每样都是一点点，加起来就很重了。

　　"好多没用的东西你都带来了。"几个好友说，"难怪你走得那么辛苦，几乎走不动了。"林鑫淼说："一些东西我怕路上有用，一些没用到的，我怕放在家或保险箱里不安全。"团友说："看来你这背包至少都有八九公斤重，您要想办法轻装呀。不然明天要上阶梯，你的负载更重，一定没办法爬到顶点。"他觉得朋友的劝告有道理。心里想今天的路不算陡峭，但已感到双脚不是自己的了，更何况明天的行程呢？好友看到他紧皱眉头，知道他不放心他那些瓶瓶罐罐，就劝道："啊呀！背包就放在汽车上，没人会去偷你的！干吗把自己弄得那么沉重？试试吧。"

　　第三天的节目非同小可——爬1500级阶梯去看如今已不易看到的原始森林。林先生听从团友的劝告，只在腰间系了一瓶水，其他东西都放在汽车上。

　　这一天一开步，林鑫淼的表现就令团友看得目瞪口呆。但见他一马当先，走在前头，遥遥领先，把大家远远甩在后头。1500级阶梯，真不是开玩笑的，他只是休息了几次，就健步如飞，很快就到达山上了。他在途中不断地想："果然，一放下就轻松了。这么简单的道理我为什么没想到呢？"

　　晚上，他躺在床上，想到自己的名字"鑫淼"会否太堆栈呢？他好想简化为"金水"两个字就可以了！有这样重复三次的必要吗？还有，他的人生为什么那么沉重？又是否和他藏太多东西、买太多东西、带太多东西有关？他好像悟出了什么了。他觉得有必要改掉一些想法和做法了。

名牌皮

　　那时候，整容术已发展到出神入化，完全不必担心整后出什么问题了——譬如，高耸入云的伟大胸部竟然塌陷下去、迷死人的翘下巴忽然消失，而丰满、浑圆、又大又凸的臀部竟然一夜之间扁成平地……这一切，那时候是绝不可能发生的。那时候，只要你有钱，你就可以很方便地走进一种出售和制作"名牌皮"的专门店，换上一张你所需要的脸，任何你迷上的某明星的脸，你喜欢的、崇拜的某大富豪的脸都没问题。或者，将自己无法接受的、皱纹多得如纵横交错铁轨的一张老脸，变得像俊男靓女般年轻，如滑冰场那般闪光平滑，也无不可以随心所欲。这种整容术非常先进发达，需要的男女走进手术室，整容师早就备好一种"模"皮，按照顾客的需要和描述，让你躺着，用那种"皮"贴黏在你脸上，摸摸弄弄，不一会儿，你就可以摇身一变，变成了李嘉诚、刘德华、林青霞、大S、刘晓庆、陈数第二或第三……

举凡你崇拜的各界人物，都无不可让你拥有一张"名人皮"。一旦厌倦了，也可以用不到十五分钟的时间，变回你原来的样子。

当然，那时候，名人脸都已经注册，拥有版权，你模仿到十足，会吃官司的。"名牌皮"，限制模仿到八九成就可以了，万事大吉。

"名牌皮"不但适用于脸孔，而且推而广之，扩大到日常用品，包括女性手袋、衣服、皮带、首饰等所有"身外物"，最妙的是不时会有某种潮流突然风行，整个城市突然流行起同一种名牌、同一种脸孔、同一种款式的晚礼服……

当然，市民们也见怪不怪了。人心不古嘛，最重要的是你拥有"名牌"，或者，你就是名牌！

"老公，蓝美这一阵因为介入人家夫妇关系中，成为第三者，名声太臭，我不要这张蓝美脸；我要换一张陈菲菲的脸嘛。"有一天，老妻对我嚷嚷。我说："好啦好啦！换就换啦！"我又说："现在社交圈里以位高权重的、风度翩翩的林大名最吃得开，我也要换一张他的脸皮。"我们雷厉风行，到"名牌皮"专门店整容，不到半小时，已完成所有手术程序。老婆变陈菲菲第二，我变成林大名第三，一个是歌坛上的当红炸子鸡，一个是社交圈最红的名流，我们俩配搭起来也怪趣得很。

星期日晚上，正是各社团举行新年联欢晚会的一夜。虽然主办机构只有一个，但超过九十九个单位协办了这次的活动。坐在前面第十排，舞台上方横幅的协办机构写得密密麻麻，多达一百行，看得我眼花缭乱，吓了我一跳。一会儿，五六位小姐上台拉起准备好的花球，好长，也很叫我们感到惊奇。更不可思议的是，此时，舞台徐徐向两边拉开，霎时变得很阔。那供剪彩用的彩球，太太无聊地去数，竟然有一百多个。太太说："剪彩人人有份，我们都会被请上台剪彩。"我说："对对，我们也是协办单位嘛。"真的，为了不想得罪协办的任何一个社团的头头，这些头头都被请了上台剪彩。场面非常壮观。

当我和太太上了台，朝舞台下面的观众席上俯望下去，顿时大吃一惊，台下，观众居然只有两三排，稀稀落落的，三四十名而已！而剪彩的多达一百名！太太在我一侧，悄声对我说："外面下雨，听说将有更大的暴雨来到。"我说："难怪观众这么少。"

一大群记者在台前拍照。

一百多名社团主席呀、理事长呀、秘书呀、代表呀……都感到脸上有光。

第二天各大报都将消息和照片刊在了头版头条。

照片无疑拍得极为清楚，堪称"高清版"。但，最惊人的是：我们居然找不到我们两人究竟是哪一个！

因为相似的面容太多了，陈菲菲第二、第三和林大名第

二、第三这类的名牌脸，至少各有二十名，若不是身上那不同的"名牌衣"和依稀记得的剪彩站立的位置，我们在照片面前必然迷失了，找不到自己。

这真是名牌的时代。

总统的宝座

忘了哪一年，我一家人到韩国旅行；参观总统府时，那漂亮的女讲解员给我们讲的一个小故事，倒是记得很牢，一直忘不了。

她强调："这是野史，信不信由你。"

下面就是她所讲的故事。

那时，这个国家分裂成十几个小国，各自割据一方领土，称王称霸。

其中一位，就是我们故事中的主角，他很有现代意识，不想像别人那样，称什么皇帝、国王之类，干脆叫总统。两年前他获选这职位，喜不自胜，最喜欢的就是由全国最好的八位设计师为他设计的"总统宝座"。

宝座的任何材料都用最好最贵的。很难一一去形容，反正能够找到的一切做椅子的名贵材料、零件都成为宝座的一部分。最妙的是，人一旦坐上去，很快就会昏昏入睡，美梦连场。那种感觉，听说犹如吸食毒品，人好像浮在云端上，越坐越舒服，不想离座；因此，总统一天内最多的时间就是坐在宝座上度过。

既然那么舒服，总统坐在宝座上，魂萦梦绕的，都是宝座的式样、坐的八十一种姿态及如何保养的方法……当然，最最重要的是宝座的保养功夫，令自己尊贵的屁股能长期舒服地坐下去。

总统雇请了全国最著名的保养师，总共八名，专职宝座的保养。除了总统坐在上面时不便打扫之外，平均每天要打扫七八次。有的用消毒喷剂，消灭蚊蝇毒虫的滋生和繁衍；有的用浸了花精药水的抹布抹擦宝座全身；有的用鸡毛掸子弹扫覆盖在上面的尘埃；有的专门用特别器具将宝座外露的部分反复擦得闪亮……总之，每当总统上床，在园内散步，这八位保养大师就出动，一打扫喷剂前前后后就花一两小时。总统宝座越打扫人坐得越舒服，所发出的那种"入座瘾"的无形能量越强。

总统每日坐在上面的时间越来越长。

国事渐渐荒废；人家是迷恋美色，荒淫无度，我们这位总统就喜欢和迷恋他这张总统宝座，几乎到了痴情疯狂的地步。就这样几年过去了。

有一天，总理来报告："总统大人，该换届、改选了。"

"换什么届！改什么选！不必理睬！"

"这……不利于您总统大人的舆论很多。"

"一律镇压！"

"镇压？"

"用什么镇压？武器早在几年前全部销毁了。"

"用铜币！"

"总统，他们都是良民，手无寸铁。这好像不大好啊。"

"那就更不必理睬了。"

总统坐在宝座上又过了几年。一坐上去，他就感到面上有光，向全国发号施令的那种满足感也成了他的一道"精神大餐"，这都化为金钱买不到的营养，不知不觉身宽体胖起来。

这时，他又发展了拍摄的喜好，还养了八位摄影师。他坐在宝座上，让摄影师围着他转，每天不知要摆多少不同的角度，拍多少标准照。

一年年过去了。也不知过了多少年。

总统已年近九十高龄。

这一天清晨，他坐在宝座上，有一种奇怪的回想涌上心头："为什么这十几年没有呼声、没有舆论、没有动静……社会变得那么静？"

他把八位保养大师、八位摄影师和总理请来问。

"怎么没有反对我的声音？"

"总统，您有所不知，世界以及我们国家已经大同了。

不再存在那种群雄割据的局面，当然也没有以前分裂成十几个国家的状况了。总统一职已被废除了！"

"没有总统？"

"嗯，不需要总统来管事了。"

"什么？他们还认得我是谁吗？"

"他们不认识您是谁。"

"百姓真的不需人管了吗？"

"大家自觉性都很高，非常自律。"

"怎么不早说？"

"总统您每天都很迷恋宝座，什么都听不进。"

"那世界大同、国家大同有多久了？不设总统有多久了？"

"十几年了！"

（总统哭笑不得，自叹：原来做了空头总统做了那么久啊。）

面包里的苍蝇

当我从撕开的纸飞起来的时候，吓了正在吃东西的女孩一大跳。差点，她把我连面包纸都吞下去。说时迟，那时快，我感到一阵晕旋，眼前一黑，就昏死过去了。迷迷糊糊中听到有人在对话，没错的话，是那个女孩子和她的男朋友吧。

"吓了我一跳！怎么它会躲在这里没死？"女孩吃惊地说。

"我来消灭它。"男友说着，手抓着一张纸巾，准备捏死我。

我紧张起来想马上飞走，无奈挣扎颤抖几下，浑身无力。正在最紧张危险的时候，女孩说："不不不，快把餐厅服务生叫过来，让他们看看，这是证据；如果不认账，再投诉到经理那里。反正要换过新的面包！"

面包是一道普通牛扒西餐的前道菜，是与罗宋汤一起送过来的。没想到我竟会夹在面包底部的薄纸内，被送上来。

"照说这该死的苍蝇与面包一起烤，必死无疑，怎么会活着？"男友似乎百思不得其解。女孩望着还在喘气、挣扎着的我，说："嗯，看来有些问题。"

服务生来了一下，不敢处理，唤了餐厅经理来。只看到他向这一对年轻顾客鞠了一个九十度的躬，接连说了三次"对不起"，还说，"我们会为您们更换全套。"当他把我连小碟端进厨房时，我知道必死无疑，不知哪儿来的力气，我一飞冲天，从小碟子飞了起来。

那个经理好像一点儿也没留意。我飞呀飞，看到刚才那一对年轻恋人。他们仍坐在原先的座位，等着厨房为他们换上新的西餐。我躲在距他们不远的墙上一幅抽象画的镜面上，他们没有发觉。我想听他们有关我的奇案的对谈。在这之前，我看到服务生已将新的面包和忌廉汤端出来。女孩开始咬啃面包，男的将汤吃得嘶嘶有声。忽然，那男的又再惊讶说："奇怪！包在面包里，和面包一起烤制，这只苍蝇怎么不会死！"

他的疑问正是我的疑问。我慢慢忆起这次的倒霉经历。一切只怪肚子不争气，习惯了臭屎味的我找不到合适的觅食地点，竟浑浑噩噩昏昏沉沉地被这家著名的餐厅厨房的特别气味所吸引，在一大堆肉类上叮叮黏黏，也许不习惯，飞呀飞呀，突然闻到一股狐臭的怪味，一阵晕眩就跌了下去，但我还未失去知觉。这时我感到一只戴着手套的手轻轻捏向我，轻轻撕开了包在面包外的纸，然后拼命地将我往面包里塞，我就什么也不知道了……嗯，可能就是这样，不不，肯定就是这样，没错，要不然我不可能不死，我就是这个时候进入面包和面包纸之间的！

"看来这一只苍蝇是冤枉的。"女孩突然说。

"什么？"她的男朋友嬉笑得把一匙汤都喷出来了。

"你凭什么？"

"你想想，哪有苍蝇那么傻，飞进面包和外面包着的那层纸之间，想自杀？哈哈哈……"

"有道理。因为苍蝇贪吃，一般人都怪罪它，把它当着十恶不赦的疾病传播者！它要害我们，自己跳进汤就是了，或者，冲进烤制中的、未熟的面粉团内嘛！"

"我就是这么认为嘛。"女孩点点头，若有所思。

"……那么，我想，这可能是一件冤案，苍蝇是被陷害的。"

听到这一句，我吃了一惊。无论如何，我不会做出那么愚蠢的事情，自己跳入面包纸内"自杀"——何况，面包这种食物很难诱惑到我们呀。慢慢地我回想起来，此时，有张脸在厨房门口一晃。这人的脸似曾相识呀，记得那时我飞进厨房时，就闻到他身上有一股狐臭。对了！正是他！是厨房里这位浑身散发浓烈狐臭的厨师助手，将我捏进面包的。此刻，他就站在厨房门口，伸出半张脸来偷望着座位上的男女。那人的眼睛非常恶毒，仿佛正在射出嫉恨的毒烟来。

不知怎的，女孩竟突然发现了他，悄悄地对男孩说："阿张在这里做见习厨师。"

"啊？"

"他就站在厨房门口看我们。你现在不要望过去……"但男孩还是假意抬头，朝那儿迅速扫了一眼，可能想到了什么，恍然大悟，说："就是你说的前度男友？他跟你说过要报仇。不是吗？没错了！面包里的苍蝇就是他的杰作！"女孩点点头："他三个月前，在酒里放迷魂药，非礼过一个女人，被拘留过一星期。"

我因为一贯被人认为是嗜腐逐臭之夫，就有人抓住我的弱点和不名誉的偏见，危害人、荼毒社会。天真的、善良的人们，你们可要警惕呀！

走出去，走进来

　　马路上塞着车，像一截大肠堵满食物，行人道上踢踏作响的脚步，有匆匆的，也有悠闲的。每经过街角我们这家时装屋，总要驻足，对我行注目礼。如果行人道上有深色的对象停住，我就可从玻璃的反射里，看到我的模样，高挑的身材穿着刚从设计名家剪裁出来的时尚服装，衬托着我僵硬的数十年如一日的微笑。有一次店员不小心，为我换衣时竟将我一头假发弄跌于橱窗地上，顿时让玻璃外几个一边吃雪糕一边望着我的女生大笑。更尴尬的是，每周换新衣时，我被剥得精光，没有弹性的塑料身体由几截接成；下身寸草不长，上身连黑黑的两点都没有，行人道上竟有几个男人色迷迷地将眼光直刺过来，仿佛从眼睛里长出双手，把我上上下下前前后后抚摸殆尽。惨。真是活受罪啊！像遭处罚受刑般立在此，为生存卖笑，哪像那些真模特儿几小时就换一次服装，台下闪光灯闪个不停；我只能一周披上一次新衣，站在此地接受三教九流贩夫走卒的肮脏目光，哪像美丽的小姐珠光宝气、披金戴银、蜂腰盛臀地周旋于绅士淑女白马王子之中；我没有生命，身体不能自己操控，哪像那些长相娟好的女子，嫁入豪门攀上高枝变凤凰，生活得精彩、有滋有味。我要变成活的她！活的她！一股新鲜血液突然在我血管里热热地奔涌，我浑身发烫，骨骼咯咯响，我终于走了出去，走了出去。

　　窗外花儿盛开、树荫浓浓，在我看来全成了一片灰色。一旦嫁入豪门深似海啊。多时没有见到阳光了。从这儿望向出入的大门，需行五百米，铁门深锁。两个守卫在站岗守门。草坪上，男园丁在除草剪枝。经过的路人行过，总爱指指点点，不外在议论这是某某公馆。肥胖的女佣送来固定的美味早餐我已厌倦；接连几年做他的生育工具才最没意思。再没有人知道我是谁。最惨的是狂热追求我时的山盟海誓全成了一种梦呓，不到午夜两三点他从不回家，满嘴酒味醉醺醺地倒头就睡。两颊还印满了胭脂。出外疯狂购物吧，只有购物才能让我浑忘白天的无聊夜晚的寂寞。走在街上更没有人知道我是谁了。蓬头垢面的真实的我，岂不是好过在派对里戴上假面具、满肚子男盗女娼的伪君子？在时装屋看塑料模特儿最有意思。没有生命，没有烦恼，没有喜怒哀乐，虽然不可能像我每天都有条件换不同的时尚服装，但一周换一次也很不错了。没有弹性的肉体虽然欠缺诱惑性，但肚子不必承载传宗接代的重负，倒过得潇洒自在。活在空间有限的橱窗里，当然不如我那无敌海景的豪宅别墅，但行人经过都会看她一眼。哪像我，成了他的影子。她虽是单身贵族，也活得精彩、没有牵挂和忧虑，哪像我这样的女子，想到他的二奶三奶心中就有气。我要变成没有忧愁的她！变成她！血液在我体内慢慢凝固，热力也渐渐离我远去，我浑身冷了、冷了，终于走了进来，走了进来。

　　没想到，我，走了进来，她，走了出去。

归家

　　这一条归家的路好长好长，他们在归途中寻寻觅觅，终于迷失了。

　　竟然找不到何处是自己的家。

　　方圆数万公里，尽管峰回路转，从这头出发，到头来可能又会回到原出发点，但原先的老家，已确实不好找。

　　他偕妻挈子的，一路奔波，舟车劳顿，日以继夜，披星戴月地过了一村又一村、一镇又一镇、一城又一城，终于到了一个似曾相识的村庄。如有神引般，他们一直往森林深处走去。一群耳垂长至下巴的当地人感到好奇，跟在他们后面。他终于看到了一条河流，穿过一片浓密的原始森林，汹涌地向东滚滚流去。他依稀看到一间阿答屋，仿佛见到屋内木梁上吊下两条绳索，系住一个纱笼做成的摇篮，他也好像听到婴孩的哭声……他眼眶微湿，对妻和一对十几岁的儿女说，爸爸当年出生在这儿，这里可算是爸爸的故乡了。这时周围看热闹的男女老少爆发一阵大笑，都说，我们虽然肤色相同，但种族不同，也都不认识你们，这，哪可算是你们的家？也许，这一切也不过是幻象罢了，他想。他和妻儿失望地继续往前走，继续寻找家。

他们在前面一个小镇停下来。眼前好像出现了他少年时期读书的学校和课室。他记得年轻时候似乎在这里读过书，时间不短，仿佛还听到读书的朗朗声呢。他见到此刻后面也跟着一堆看热闹的人。他在课室外的走廊徘徊，对妻儿说："这，应该是算爸爸的故乡了，爸爸在此成长，学到了那么多知识。"旁边那群人摇摇头："你从森林那里——另一个国度来的，你以前做过什么我们一概不清楚，也很可能屁股有屎！我们怎能放心让你落户？这里从来不是你的家。"他大感惊异，力辩："我们在使用同一种文字啊。"但没人理睬他们。于是，不敢稍停，赶紧和妻儿继续赶路。

终于，他们走到一个很迷你的城市。当时觉得一切是那么新鲜，马路上不时走过蓝眼高鼻白肤的人，好像还挺有权力呢。岁月流逝得多么快，他依稀记得那街道，那似曾相识的旧楼，啊一晃就是三四十年过去了。住得那么久了，汗水和泪水在这里挥洒交融，儿女在这里出生成长，创作和创业在这里进行，失败和成功在这里交战。也在这里，和妻十指相扣地准备迈向金婚大道，搬了几次家……照说，这里就是自己的家了。然而二十余年前，他牢牢记住那些人曾经狠狠地将他的毕业文凭踩在脚下，狂笑道："我们不承认你们学到这些知识，你们的文凭只是废纸一张！"处处被鄙视、遭白眼，处处被排挤、低人一等，只能卖体力谋生。

这么无情的对待和如此冷酷的氛围，能算是自己的故乡吗？他和他的妻儿回首望着那些钢骨水泥的丛丛森林，高楼大厦一座比一座高，直插云天，仿佛在刹那间就要倒下，感到一阵心悸，加快了脚步，离开这城市。

他们继续走，终于走出小镇、森林和城市，来到一个海岸。风徐徐地吹，感到有些冷。大雾迷漫，朦胧间，遥遥望去，海的远方出现一个小小的岛。耳旁好像响起了父亲生前的声音："去小岛看看吧，那里就是爸爸的出生地了，也算是你们的故乡了，也许那破败的祖屋还在……"他们赶紧买票，搭一艘渡海轮到那小岛上去。不知过了多久，终于踏上小岛的土地。由于人生地疏，只好请了一个导游带路，最紧要的当然是探访父亲说的那间祖屋了。跟导游说了大致的地址，那导游神秘地掩着嘴笑。找了很久，终于在一条小巷停下来，但见眼前出现一块废墟，堆砌着一些破碎的红砖绿瓦和大小不一的乱石。他吓了一跳，正想问，这是怎么回事？导游摇摇头，感叹地说："应该是了，没错，就是在这里了。我不知你们的祖屋为什么会消失？是一阵台风把它吹倒，还是人为地铲除——为了其更大的商业价值？"他想："没有象征家的祖屋存在的小岛，怎可以算是故乡？"

望着一片荒凉，他禁不住孤独凄然起来。

"我们走吧，"他对也是沉默不语的妻儿说。他们问："我们继续找吗？"他没回答。眼色一片茫然。"那我们继续走。"他又说。他们问："到哪儿？"

"我也不知道。"他幽幽地自言自语。

叫他想不到的是，归家的路这么长，一走就是半个多世纪，还是归不得。

故乡，究竟在何方呢？

逛店巡园随记

一

那时候我在书店担任总编辑。有一日在山西出差的书店店长打长途电话给我，说有个武先生会来书店视察，希望我中午十二时从写字楼下来，先带她参观书店门市，然后中午请她在酒楼吃餐饭，下午参观附近一个新墓园。

"你要好好接待哦。人称她'先生'，其实她是个女士。她电话中的声音非常甜美，也十分简短有力。"店长说，"我知道她非常著名，但我不认识她。"我想进一步了解武先生更多的数据，店长已经截断电话。

我十二时准时在店门口等。大街上车水马龙、熙熙攘攘的。汽车、巴士、摩托车、人力车、马车……什么都有，一会，我见到四个健壮的轿夫咿呀咿呀富有节奏地抬着一个古色古香的华美大轿停在店门口，一位老太太从轿里走出来，与我握手。我见她虽然有了一把年纪，但可能驻颜有术，平时保养得好，徐娘虽半老，风韵却犹存，两眼荡漾着不易觉察的狐媚；而高贵的仪表散发出一股威严和魅力，折服人心。看得出年轻时必然是一个女强人。她穿着旗袍，玲珑浮凸的身材，令人联想到如果穿上古装，未免有点浪费了，但却是如假包换的女皇。她的身边，贴身跟着一个少妇，约四五十年纪，对我含笑握手，看来是秘书吧。

我递过名片给她俩，武先生说非常抱歉，她没有，她们那里从不用这个；那秘书也只是歉意地笑笑说："我复姓'上官'，叫我上官小姐即可。"

"你们想看书店哪一部分呢？"我问。

"随便看看，"武先生犹豫了一下，"我想看你们卖的人物传记。"书店的陈设、进货我不熟，就唤一个店员小姐来，她带我们走到放人物传记的书架。我看书架上、台面上五花八门、林林总总地摆满了现代人物的传记，古代的比较少。"传主"包括政治、经济、文化等各领域的人物，也有不少"不见经传"的不知名人物的莫名其妙的传记，而且多数封面都是该"传主"的头像大特写。武先生一本本翻，翻了很久，最后无限感叹地大摇其头，道："现代人真是急功近利，不过活过一场，也没做过什么好事，传记倒一本一本地出版，真是服了你们呀，连哪一天去了哪里、买了什么东西、认识什么名人、写了什么文章等这样鸡毛蒜皮的琐事……也记下来。"上官小姐此时也在翻书，武先生说："找到了吗？"上官小姐说："有价值的很少，值得收集研究的就更少了。"武先生又问："那么，骆宾王的传记，可有？"我不知骆宾王是谁，以为是哪一国的王，武先生大笑："骆宾王写过讨武檄文，激烈地反对过我，写得畅酣潇洒，慷慨激烈，文辞斑斓，节奏铿锵，多么精彩！前无古人，后无来者！居然没人出版他的传记。却出版了那么多垃圾和废纸……吹捧风气那么盛行，处处浮夸，邪风弥漫，社会如何进步？我建议……"我听得冷汗满额，她说个不停，好不容易到酒楼才告一段落。

二

下午我们参观附近山头的一个大墓园。

心中好生纳闷，这位武先生不知来自何方，不去看好看的，倒来看一般游客游览不会安排的书店！还来看墓园！也许她看出我的疑惑，说出一番话来，解了我的疑惑。她说："参观书店，也就是了解你们的社会。书店在某种程度上反映了城市和时代，是社会的缩影。"

"那么，参观墓园呢？"我极为好奇。

"到书店看你们如何'生'，到墓园看你们如何'死'。"武先生笑着说。

与其他墓园的残破荒凉不同，此地墓园为近二十年新开辟，不但松柏参天、树荫遮天，绿茵碧碧，而且座座坟墓占地甚广，有凉亭、雕花围栏，墓前的碑石更是高耸入云，硕大无比，金银彩刻，非常讲究。我们慢慢走，一边谈话，一边停下，阅读碑上的字。墓碑上的文字从两三百字到两三千字不等，俨然成为一种"迷你传记"，也逐笔记下墓中人生前的丰功伟绩，仔细读来，其实也是那么空洞无物。武先生说："原来你们那么好名，死去还有所不甘，要占据那么广的空间广为人知。真是可悲呀。上官小姐，你说呢？"上官小姐说："您说得好，我读了几十个碑石上的文字，墓中人都是那么普通，不像您做出那么多伟大的贡献！你都不准我写。"我一时大感好奇，问："什么？什么？"武先生摇摇头，谦逊微笑道："上官小姐是我小儿的老师，古时候称'太子侍读'，后来还做了我的总经理，古时候称'内宰相'……她获得过'国际最佳经理'的称号，古时候就称为'天下第一女官'。不过，这是她跟您开玩笑啦！我也跟你说笑！"上官说："是真的啊，武先生前半生命运坎坷多难，十四岁就进宫，二十四岁削发为尼，三十二岁就当上皇后，六十七岁坐上女总统的宝座，统治国家长达……"武先生阻止她说下去："你别听她编造天方夜谭了……"我被她们的对白弄得糊涂起来。我们走啊看啊读啊，不觉暮色已苍茫，夕阳残照，我们不知走了多久，好像就走了一千三百零七年那么久，终于走到一块空白的大墓碑前。我看到武先生突然对上官小姐说："婉儿，你陪陪王老总，我累了，先回去了。"说时迟那时快，她向那空白的大碑石走进去，刹那间就失去了影踪。

"这，"上官小姐指了指那块没任何文字的大碑石说，"就是刚走的我的女主人武则天女皇的无字碑。她生于624年，死于705年，当皇帝十五年，但从655年当皇后掌实权算起，就长达半个世纪了，权力大到统治一个国家，居然在自己的墓碑上不写一个字。而今天的现代人……难怪她看不下去了。"

"那、那……你就是那个著名的上官仪的孙女、上官庭芝的女儿上官婉儿？"我大大吃了一惊，赶紧问她。她说："正是。我祖父、父亲因起草《废后诏书》而被武先生处死，我从小被她留用……惭愧，惭愧啊，小小的女官而已，竟然后世有人为我搞……"她将一包东西递给我，我打开，看到是一本书和一张影视光盘。书是胡玫著的长篇小说《上官婉儿》，厚达五百页；电视剧光盘是龚艺群导演、阮丹宁主演的《上官婉儿》，一时狂喜。

此时我张望四周，想与上官婉儿多谈几句，四周却已渺无人影。

秋风轻拂，凉意沁人，竟不知今夕何夕，此身何处。

苹果

家中最受欢迎的水果是苹果。一双儿女对于苹果的要求，不大在意看出产地，只要咬起来有那种爽脆的感觉就可以了。

老黄夫妇在超市买苹果，一买就不少，分成两包，分别用肩背着；因为极重，他们通常都抄快捷方式，望快快到家，卸下重负。

晚饭后，是吃水果时间。

在厨房忙着削切苹果的老黄，一边削，一边回忆起童年时母亲派苹果的往事，一边望着在客厅忙得一头烟、忙着开支票的妻。她很本事，竟能弓着背开支票。沙发是她的椅子，沙发也是她的桌子。整个客厅凌乱地摆放了各种发票、单据……

他对钱感到烦；既然如此，削苹果的杂事，他也就主动承担起来。

他把三个苹果削好皮，切成片，按妻教他的方法，浸盐水一会儿，然后分成三小碗，给躲在书房看计算机的儿子、女儿送去。最后一碗是他和她的。他见到她在忙，便把苹果放在沙发小台上，对她讲了好几次"吃吧，吃吧"，她都不见动静，于是，他以牙签叉着一块块苹果，送进她的口中。"好了，好了"、"够了，够了"，妻双手在做事，口在动，也在说，但老黄坐在沙发上她的一侧，非常耐心地喂完，仅留了零丁几块给自己。

搬来此屋邨已快八年。自从附近的超市入货时增加好几个国家的苹果品种，黄家一家子都喜欢起这水果。

老黄一口一口地喂老伴，也成了黄家的一道特别风景。

妻这一年，已近五十了吧。

他们在香港。

那时候，去一趟菜市，他们两口儿就会买许多水果回来，最多也最便宜的就是苹果。一买几公斤，好沉，他往往将她拎着的两大袋抢过来，怕她娇嫩的手，提得太酸。然后，他会故意选一条又僻静又较远的路，东绕西拐地送她回宿舍。

他故意走得很慢、很慢。他喜欢她脸颊上的酒窝，深得好像可以斟酒似的；他喜欢她高挑的身材，喜欢她温柔的脾性，喜欢她从那么远的岛国来读书、工作，虽然不太如意，但她不飞来，他就没有机会能和她相遇。

冬天的夜晚，北风刮得紧，雪花飘得欢，他会骑单车到学校宿舍看她。冬日的她脸颊红红的，她虽然允许他喝她酒窝上的一杯杯的美酒，但对他的苦苦追求迟迟不表态，使他害了三年的相思……夜深，校门关了，他将单车举过头，平放在墙头上，人设法跨过去之后，像举重那样再把单车抓下。

最后因为他的"持久战"，他用成吨的情书俘虏了她。

新婚的日子里，她常削苹果给他，有一次她削到了手，手上见红，他紧张得不得了，又吮又吹又找红药水又包纱布的。

那一年，她只有二十二岁。

他们在北国。

她由外祖母牵着手来到他在大城市的家时，就见到他，那是她大姨的最小儿子。她称大姨为"阿母"，叫他呢，他的小名是"弟弟"，总不能没大没小也叫"弟弟"吧！于是，她偷偷望他，他悄悄观察她。生活在不同的城市，第一次见面是那么陌生，却又是那么吸引。

那么巧，他的小名叫"弟弟"，她的小名叫"妹妹"。

他好喜欢她静乖乖的，喜欢母亲的这位七岁的外甥女。他那时不知道她还是母亲的干女儿啊。他不知怎的，生起欺负她之念。想看看她是否敢反抗他。

　　每晚晚餐后，母亲就分派苹果。他认为机会来了。当母亲抓着一大一小两个苹果走过来时，他当着她的面，跑上前一手抢过那个大的。

　　母亲瞪了他一眼。他望了望小表妹不太高兴的脸。他张大了缺了两颗大门牙的嘴，哈哈大笑。

　　小表妹面色尴尬，无奈地紧闭了嘴。

　　小表妹坐船回小镇的家后，母亲十分不悦地说他了："人家难得来椰城我们家探亲一次，你不让给妹妹，像什么话……"

　　他一直耿耿于怀。

　　那一年，她只有七岁。

　　他们在南洋。

前世今生

"这儿很冷，我待不住，很想回去。"电话中传来老赖的声音，声音中有着无限的懊恼、难言的哽咽。

"你……就安心在那等我吧。反正时间过得好快。"老赖的妻子阿金声音好似也在小声地哭泣，老赖不知用什么话安慰她才好；阿金一想到和老赖过去相处的种种，禁不住心头一酸，泪泉汹涌，赶紧掏出一张纸巾，往眼睛上按了按。她仿佛也听到了老赖在哭。

她和老赖常常在夜晚的梦境中相遇和通话。

凌晨，枕头总是湿了一大片。

也是在午夜的梦境中。的士抵达那间她常去的美发屋。

"等一下我再打给你，我在下车。"几乎有大半年了，她洗了头就会去美发屋附近的食肆买饭，明知只有她一个人吃，但在不能控制的下意识中又买了两盒饭。她又拨电话给

142

他。

"你可先冲凉。"她说，"半小时后就到吉之岛，帮我拎东西。"

电话中迷迷糊糊听到他"唔"了一声。

在吉之岛，她等了他一小时、两小时……猛醒他不可能来了。在过去的无数日子中，他总会准确地估计好她买齐东西、到收银处排队的时间，准时到来接应她，而她付了款，他就背那最重的一袋，两公婆慢慢地走回家。

可是等了很久，他再也没出现。她也好想念他。

午夜，他又听到梦中的电话响，她预感到是老赖的，迅速抓起，问："你在那儿过得好吗？"老赖很后悔地："不好。我想回去。这儿一个认识的人都没有。能再回去的话，我什么都听你的！"

阿金说："其实十几年前你已经一切都听我的了！不抽烟、不喝酒、不熬夜、晚餐只吃八分饱……但还是迟了，唉，过去的，已过去了，也不要多说了。你就自己照顾好自己吧。"

"不！我要回来，重新和你一起过。"

"怎么可能，放心去吧！"阿金忽然恢复她那爱戏玩的本性，"你觉得寂寞时，可以找一个漂亮的女鬼聊聊天啊……"

"阿金，你又讲这些不现实的。我真的好想你！"

"赖，你口口声声地说了很多遍，如果有来生，你还会再排队追我一次，那是真的？"

"可惜没有来生啊。"

"如果有呢？"

"如果只是讲漂亮话，可以罚我马上再死一次！"

阿金在睡梦中看到年轻的自己的追求者太多，她索性租了个办公室，让他们排起队来，由她面试。阴阳相隔多年的老赖真的排在龙尾，远远地对着她笑。阿金心想：老公果然没有食言，乖乖地又排起队来。她唤秘书过来，耳语一番。秘书匆匆走到队伍末尾，又对老赖耳语一番："你有面试优先权和录取权；你无须排队。"

老赖为了表现自己的痴心和实力，照样排队，击败了追求阿金的所有竞争对手。

为表庆祝，她和他举办了一次小小舞会。老赖舞技变得很纯熟，搂起阿金的细腰，翩翩起舞，舞曲赫然是《人鬼未了情》。

人鬼殊途，别后还是那么牵挂啊。

二十年后，有一对小恋人，一个姓赖，一个姓金，他们同岁，结为夫妇。

小赖不喝酒，不吸烟，不熬夜，十分健康。他们一直活到一百岁；虽然只是同年而不是同月同日出生，却是同年同月同日离世。

在另一个世界里。她问："这一生，你还有什么遗憾吗？"

老赖摇摇头，道："能与你白头到老，我已十分满足了。赢回了比你早走的那三十年，更完全没有一丝一毫的遗憾了！"

舞伴

那种舞新近传入，疯魔了这一代男女。人们总是情不自禁地被吸引，而一旦上瘾，又不能自已，欲罢不能；也总有人死亡，却不足于造成惊慑。陈医生带我去观舞，我也就没拒绝。

事前就听说舞技大大发展了。"辣身舞"那样大胆的、带挑逗性的舞也成了小儿科。他们说这新舞，人变成了软胶一般，令我万分吃惊。当那水晶灯徐徐转动，旋转出红的碎珠、四方的绿块、五角的黄星……舞台内的人身全似被泼了七彩漆，变成了大水缸中的彩鱼，我就晕晕然有点不知置身何处了。舞中男女都好像中了邪。他们的身子都拉长了，好似软软的面粉条，竟可以在对方身上绕了几道，就如扭曲的油条。

陈医生看得津津有味，却开始将视线投注到场内的一个女子身上，她的舞步虽和大家一样，相貌也并不出众，舞伴却是惊人。

陈医生问我看到了没有？我一瞥，不免也吓一跳。她怀中紧搂的竟是一只大狼狗。

"这只狗已咬死了一百多人了，是一只有名的疯狗。我要告诉她！"陈医生说，但她看来不免有些惶惑，为了慎重起见，她又问了几个身边的人："你们看到她的舞伴吗？"

大家都说看到了。陈医生是女性，这时大着胆趋前，动了动那女子的手臂，细声地和那女子说话。看来那疯狗在那女子怀中陶醉，没有察觉到外人前来干涉。

音乐声十分嘈杂，看不到女子回头，我只看到她的脸色大为不悦，将狗搂得更紧了。

我以询问的神色对着走回座位的陈医生。她说："我们看得这么清楚，可是她居然否认。还骂：'你才疯了。哪来的疯狗？我独舞的自我感觉很好。你少管一点闲事吧！'"

我摇摇头，叹道："别人看得那么清楚，只有她竟没感觉到！真奇怪。"

陈医生今晚从舞场出来，对我说："看来是一种精神病吧，抓什么，拥抱什么，外人觉得危险的，她的自我感觉却很好！"

凌晨发生的事我一点也不奇怪。我也去看了：那女子僵卧在地，脖子全布满了狗齿印，殷红的血仍从那伤口汨汨流出来。她的尸体被移走，晚上舞会气氛又一如昨晚沸腾，而我的心灵真正受到震撼的事才来到了。

　　陈医生盛妆应舞。旋了几圈，当我注意到她时，她已搂着她所恐惧厌恶的那只大疯狗了。我想起她昨晚想拯救死去女子的那些言行，觉得不可思议。想劝她，刚走几步，自己的脚儿竟如风中颤抖的小树，有些支持不住了。眼中情景比昨晚更是凄惨：那大疯狗没有等及曲终人散，此刻已一口一口地龇嘴向她脖子啃咬，那脖子的红已分不清是血还是红光的映照了。大家都疯狂，看不到；看见的，却只害怕，不敢援手。我忍看一个友人渐渐血尽倒地……

　　想起了她的话：每人拥抱什么，外人可能觉得危险，而当事者的自我感觉很好！明晚，那头疯狗会否选我当舞伴呢？

古迹

二一〇六年，一座极负盛名、吸引了无数海内外游客慕名而来的古桥，忽然摇摇欲坠了。

怎么回事？那些用一个个方块石堆砌而成的桥，浑身出现了千疮百孔，远远看去，就像被无数的虫蚁蛀蚀一样。

消息传开，令当局颇为震惊。责令旅游局长调查这是怎么回事。

名桥距离小镇百里之外，旅游局长心想："难道没有管理处专门管这桥的事吗？"他自个儿开车，十万火急地赶到古桥所在地，对助手说："打电话联系管理处！"

助手说："打了好几次了，老打不通。"

"可能电话有错，打到电话公司去问。"

助手忙了好一会儿，道："电话公司说，管理处早就撤销好几年了！"

"为什么？"

"管理员工作不好做，都做不到一个月就被炒鱿鱼……"

车子开到名桥附近。局长和助手下车，果然看到桥身密密麻麻的，全都是伤痕。

"下去看，石头上到底是什么东西？"局长令助手下到桥下细看。桥下的河水早就干枯了，露出灰黑的淤泥。助手抓着一个放大镜，对着那些莫名其妙的痕迹观察起来。

"是什么？是外星人留下的文字符号吗？"

助手摇摇头，笑道："不是，都是一些游客写上的或刻上的词句——什么'我们曾到此一游'啦、'王旦、美丽在此做蜜月游'啦，什么'两千年纪念游'啦……"

"都是些什么年代的呢？"

"都至少有一百年了吧！"

"你再详细看看！"

"这个是二〇〇六年写的，这个……看不清楚，好像是二〇〇一年刻的……哗，这个了不起：一九八六年，有一百二十年了！"

"幸亏发现得早！大都是超过一百年以上，这些古迹太珍贵了。知道这些人的身份吗？"

"我看——"助手很犹豫。

"凭名字怎么可靠？让时光倒流吧！"突然，不知从哪儿钻出一个五十岁上下的头已半秃的男子，站在岸上对旅游局长说。

"您是——"

"我是这儿小小博物馆的馆长。不瞒您说，十几年前桥是由我负责看管的。我们馆存有这桥一百多年的历史档案。对于到古桥参观的游客作每天二十四小时全天候的录像——"

"这么说来，要了解一百多年前那些字句是谁的手笔，都可以办到了？"局长大乐。

"那当然，跟我来吧！"

在馆内，放映着一百多年前的多个录像带。多个画面显示着非常惊人的影象：

有的还未足二十岁，用箱头笔在桥石上龙飞凤舞地挥写——稚气未消，乳臭未干。

有的全家老少齐出动，又是刀又是笔，在桥石上精雕细刻——他们全都不见经传。

有的是商人，他们只是好奇来此。

有的是导游带来的整团团友，他们排着队，轮流留影之后，又排队刻字，证明着自己曾到此一游。一百多年前已是如此；一百多年来游客依然络绎不绝，几乎要把桥石磨损殆尽。

局长看了大怒："他们何许人也？也敢到此乱涂？'到过此一游'又怎么样？"

他们一行三人又走到桥侧。局长说："明天开始请多一点临工，把桥上所有刻字、题辞和落款全部刮去、覆盖，然后修补——他们是一百年前的破坏者，任何历史和文物价值都没有！"

"是！"助手指着其中一个桥墩上的四行小红字，问："这个呢？"

局长看了，答："这个留下。唯一值得留下的，也就是它，不朽的文学艺术！"

助手仔细读下去，觉其被四周乱字逼挤到几乎看不清了。四行字是——

月落乌啼霜满天，江枫渔火对愁眠。
姑苏城外寒山寺，夜半钟声到客船。

标题"枫桥夜泊"。署名呢？这样精彩的诗词，作者竟然不留名！

真珠外套

　　医院手术室的走廊，等候着一大群人。情绪显见激动和不安，然而没有半点喧闹。在紧张期待的气氛中，仿佛一根针落地的声音都可以听见。一个动手术的人，被那么多人所关切，在这医院，好像是第一遭。

　　早晨，还未到九点，一个女重伤者被救护车送来急救。

　　肇事的车连司机已逃得无影无踪。因此，这场车祸到底是意外还是别有用心谋杀的内情，就颇耐人寻味。尤其是当几个急救的医生一眼看到伤者的脸容时，更是吓了一跳。

　　可是伤得太重了，她到底没有被救活。由于伤处充满疑点，个中必有蹊跷，法医建议对遗体进行解剖。

　　解剖手是大医生，一边操刀，一边冷汗涔涔。周围几个助理和护士都感到奇怪。

　　"很罕见……"大医生说，"肾脏、心脏都是假的，还有肺、肠……"

“人造的？”几个医生异口同声地问。

“不。肠是软胶的，肾则是买的，肺只剩下半边，也不是原装的，倒看不出来是人造的，还是别人的⋯⋯”

助手取了血样去化验，大医生一看，也摇摇头：“她的造血机能看来坏了，这些血液是输入的⋯⋯”

“那么皮肤、肌肉呢？”

“百分之九十的皮肤也换过了，否则不可能那么白，你们不妨看她这一块。”大医生指了指靠近右腋的一块皮肤。那里呈黑色，是真皮肤，但只那么一小块。“最关键的心脏，你们看，也是移植的。”大家看到大医生抹去手上所沾的心脏上的恐怖血迹，某一部分还印上“××国制造”的细小字样。

“好，再看她这个头颅吧：假发、假眉、假眼珠、假鼻、假牙、假下巴——你们再看她这两袋！靠这玩意儿乳房才能隆得那么高——臀部也塞了这些东西⋯⋯可以说，她没有一处是真货。这个丑闻传出去，肯定轰动，也会令她的家族蒙羞——我们还是替她守秘吧。”

轮到验那女人最有价值的部分了。

大医生察看了很久，叹道：“男人的象征，其痕迹很明显地留着。阴道是纯人工造的！”

助手面面相觑，皆瞪大了眼、张大了口。

大医生走出解剖室，手抓一件外套扬了扬：“这件缀满真珠的外套，少说也值十万元。你们谁是他亲属，连人一起来认领吧！"

他又再次补充："这是如假包换的唯一的真珠外套！"

猩猩

"我们应该为这只大猩猩发一枚大勋章。它为我们这动物园游客、参观者的增加立下了汗马功劳，每年为我们赚取不知多少金钱收入，简直不能计算。我们这个动物园是我们这城市唯一的动物园。动物园对城市的贡献，也就是猩猩对我们城市的伟大贡献！"

园长今天因为来了一批中东游客而亲自出马了，兴致勃勃口沫横飞地面对着他们对侧大铁笼中的黑猩猩加以介绍。中东那儿都是茫茫沙漠，难见猩猩一面，因此啧声四起。

"产地呢？"

"北婆罗洲。和爪哇虎一样，濒临绝种危机。已不容易捕猎了，所以它的身价……"

园长说出一个数目，大到叫在场的都吐了吐舌头。他们又提出各类因好奇而引起的、渴望知道的问题。

"对人会加以伤害吗？"

"当然，诸位不妨将手伸进笼里一试。"

园长幽默地开玩笑。然后将手中一只被绳子绑实的活鸡塞入笼子铁枝与铁枝之间的缝。黑猩猩抓着鸡，放在眼嘴间看了看，嗅了嗅。接着，双手只那么一拉，鸡就被撕裂成两半。血淋淋的血沾满了鸡身和猩猩的手。

看得游客们暗暗心惊。

"诸位也可以设想一下自己是鸡。哈哈！"园长有一种虐人的快意。十几位游客爆发了热烈的掌声。笼中的猩猩趋近到笼前。龇咧嘴笑，并双手抓实铁枝，得意地摇撼，笼子发生了强烈的震动。那只鸡早不见了影踪，也已听不见猩猩咀嚼的声音，只看到它的脖子凸起，凸出物正在它喉间慢慢向肚腹下移。

掌声再次如雷。中东游客才依依不舍地离去。

无论是风和日丽的炎夏，或是落英缤纷、淫雨淅沥的雨季，这个动物园的参观者总是络绎不绝，而猩猩总是大热门，围观者最多。

这一日，园内游客并不太多。来了一位抱一岁女婴的少妇，一位拎录像摄影机的记者。他们都在猩猩笼前立定。园长闲来无事，也漫步来到猩猩笼前。这只全园的最佳赚钱工具，使他管理的动物园在城市旅游业的"吸引物"榜上列第一，也让他多次受到市长的表扬。因此他关心它，每天都要来探它几次，看它的动静，观察它的情绪，是否又到了该喂食的时候？还有它的冷暖！

"猩猩！猩猩好大好凶哦！"抱女婴的少妇伸手指笼里猩猩，逗弄怀中女婴。她们身靠在笼前的铁栏杆上。栏杆和铁笼子有约一米的距离。人的上半身一旦向前弯倾，就很近笼子了。少妇这时正是这样。

见到米饭班主来到，猩猩表现出兴奋激昂的情绪。但任谁都不能预料这样的惨剧就在此时闪电似的发生了。猩猩慢慢走上笼前，就在少妇和女婴靠得最近时，突然伸出双手，一把将女婴抓拉过去，女婴的头颅也硬生生地通过了那铁缝。少妇狂叫救命。园长大骇。记者高举起摄影机。

猩猩将女婴抓在手中戏弄。女婴拼命挣扎啼哭惨叫。园长手足无措。十分钟后，女婴就被活生生地撕裂成两半。这次猩猩没听到掌声。

其实园长衣内有一支短枪，他只是抓住它没动。

老伴

　　伏在写字台上，写完最后一格的字，他的眼睛早就黏涩昏花了，手中的笔掉在地上也没有感觉。头颅一笃一笃地几次险些撞在桌面上。然而，当老伴轻轻地猫着脚步，从背后将他搂住，而一股女性的体香和呼吸直冲他鼻端时，他整个人又有如用冷水洗面那样清醒和精神起来。仿如有第六感似的从地上拾起那支掉下的价值仅三元的圆珠笔，又开始摊开空白一片的新稿纸，爬下第二篇。

　　"早上老编来电，马上又要改版！你知道改版的意思吧。有真改版也有假改版的。半年前那第二大报一声改版，叫我暂停写寄。第二天买来报纸一看，我专栏被刷去了，换了别人。整个版面一动也未动！"

　　他回过头来，带着牢骚，自嘲地哀叹着，凝视着老伴的脸，心情似有不胜的忧郁。想到了如果没有写处，没有比较固定的地盘，想凭稿费养活一家四口，真是难于上青天啊。

这专业写作人的自由职业真是做不下去了，说不定随时在哪一个月，也会拿不出足够的、每月原已固定的"家用"给老伴。

"任人鱼肉。大家都叫我做专业写稿人，但朋友们都不为我想想，我一两块专栏，付房租都相当勉强呢。不找一份正职实在不行了！"

他继续说着话，不知何时，老伴已端上一杯咖啡，就在书桌一侧的床沿坐下来。

"这世道也很难说的啊。人是相熟了才有感情的。像你这样又爱写，可是又不喜欢应酬、活动，整天把自己关在屋子里，人家……"

老伴以很和善的口气，一边站起来，一边将肘肩轻搁在丈夫双肩上地说着。接着，一只手放在他胸前温柔地游动。

"你的意思，是要我请客吃饭？但我常常想，他们是好人的话，也该认稿不认人吧？"

"我不是这个意思。……总之，要长写下去，多少要让人对你有个印象！"

这位半天出外，为一家出版公司写些美术字和设计文章版头的老伴，太理解孤僻沉静的丈夫为什么挣扎得那么辛苦，时时受到"改版"、被通知不必写的威胁。断稿对丈夫而言如今已如断炊。她自己的收入是很微少的，而一对子女年纪尚幼……丈夫身上似乎缺乏一种什么……纵然少写不影响生计，丈夫也会不安。他属于天生的"写"型，爬格子一族。

这数月地盘虽保持，但改版刷掉自己的威胁，一直如阴影笼罩他的心。但他决没想到竟也有时来运转的一日。有日下午昏昏沉沉，与周公难分难舍的当儿，忽接老编来电话："报社接到几封读者信，说对你的杂文和小说都很欣赏，我们会转给你！"几天后，当他接到那几封不同读者对他的赞美信，显得开心不已。其后，他又紧接着收到几封。有的是写给老编的，称赞选稿用得有眼光，有的直接写他收，除了和他探讨问题外，对他表示仰慕……

几家他供稿的报社都收到不少读者信。既被赞美，他亦大大松口气，应可长写下去了吧！

老伴近日大忙。他想得意地告诉她这些喜讯，可是她房内静悄悄的，人不在。他只看到在她桌面上，堆叠着一封封已贴好邮票、封面上以不同笔迹写给各家老编的待发的信。他吃惊了，拆开其中一封读着读着，手儿颤了，眼眶也在不觉中潮湿了起来……

几度烛光

　　烛火，在烛光餐厅里一桌桌地飘忽，像情人的多情而黠慧的眼睛，她被他紧紧搂着腰，步进。晚餐开始，她无心吃饭，只是专注凝视着他，听他絮絮说着温柔的话儿。她整副身心犹如浸在蜜糖水中，听着他说几年后的结婚大计。他有时还以汤匙舀一口汤喂进她小嘴呢。他是越看越可爱的。情动时还从正对面的座位立起身移坐在她身旁，双手对她身子有所摸索。

　　五年后。烛火，仍一样地飘忽，但似乎更旺盛更炽热了，像一条火辣辣地喷着火的舌。她被他护着肩走入餐厅。晚餐比从前讲究了，到底送走了读书的岁月，能赚钱了。每一样食物都要尝试，送上来时都一一将它细尝。他的情话少了，诉说的多是机构的人事纷争、加薪的幅度和升职的希望，不时见他紧锁着眉头，轮到她替他剥虾壳了。从餐厅出来，他没有再骗她到尖东海畔，而是直接打道回府。浴后入

162

房，墙上挂着的结婚照，四只眼睛注视着床上的缠绵。他的火热，常需要在房里用她的迎合来扑灭，尔后他昏昏沉睡去了。

又过了五年。餐厅仍在，烛火似乎不再逗舞和调情了，像是野地里的鬼火，闪着狡诈嘲笑的眼色。他没有能扶搀她任何部位了，他怀中抱了一个幼婴呢。多了一个"他"，她也没能好好吃一点东西了。婴孩啼哭时，他已手足无措了，只好让她抱着。她忙碌了好一阵，从提包取出奶瓶，将奶瓶嘴塞入婴孩嘴。她一点儿东西都没下肚，而他只低头默默地将碟中物吃完。走出餐厅时，他考虑到她不够强壮，将婴儿从怀中接过。回到家，他和她分房睡了，皆都感到了倦意。

十五年过去了。餐厅即将拆去重建，人客已不多。那烛火仍点燃如故，却仿佛燃得太快，一支支流满了烛泪。他牵着她的手进来。吃东西的当儿，只是彼此默默地对视，话变得很少。他偶尔会叹息，又问起远在异域的儿子有没有写信回来？她摇摇头。他看到二十余年岁月在她脸上留下的痕迹，她则听到他在劝她去给医生检查，因她夜里睡不好。她觉得面前的他似成了一株树，叶子一年年地快脱光了；他则看到她好像变为一头母牛，乳房日日垂得更下。

他牵她手走出餐厅时，彼此想着下次入餐厅的光景，还有机会吗？外头，夜风刮得正紧。

长发为君留（现代版）

　　每当有长发女子迎面走过，他总是十分注意；倘若眼目错失，一俟发现而那长发女子已匆匆自他眼帘飘然而过，他会赶紧驻步回望，徒留一丝惋惜，一丝惆怅。最好的是，对方与他同一方向并行，渐渐地对方如有神引，走入他的视线范围内。那时他就有一种此生已不枉活的感觉，像是上苍赠送了一件美丽的圣物给他。啊，那时，他会和那面前走着的长发女子保持一定的距离，一前一后走着，走着。当微风轻拂，长发女子的长发便轻飘轻摆，配以步伐的节奏，那长发左右柔舞、跳跃，他的心跳加剧，不相信这世界上还有什么比这更美的事物。一直跟踪她，一直到跟前的长发女子步下地铁口，被地平线淹没，为人潮吞噬。他恍然有所失，折回脚步。他对长发女子的痴迷真是与日俱增，简直达到疯狂的地步了。如患了一种热病，那个长发所包住的面孔，是美是丑，他已可忽略不计。有一次，在人行道走着，赶去上班，忽然，身后一种使用护发露的浴后清香如一阵小风向他扑来，他刚一愣，但见一个长发女子已赶上他，几乎跟他擦身而过，眼前的长发飘舞的美丽景象真令他惊心动魄，几乎窒息！也许是刚洗过，那长发不但蓬松柔软，而且发亮，富有弹性，由于她走得快，那一头长发一直在他眼前飘舞，令他穷追不舍。她拐了几次弯，每转弯，长发总是旋成一个圆，美得无以复加，令他心儿乱跳。这长发女子身材是多么骄人，身上也有许多上帝所赋予的圆，至少五六种性质不同的吧，他全没去留心。他跟踪她时，也一边痴痴地欣赏，一直目送她上大巴士才满心兴奋浑身乏力地折回去，上班迟到了。

他终于如愿以偿地交到一位长发的女朋友了！那是从一本杂志的征友栏上看到的，女子面容一般，只给人善良的感觉，但那头长发感觉上好美，好黑，好软，好长。仅凭这一点，就令他写了好几封动人的信给她，赞美她的长发。

长发少女跟他拍拖了一年。他虽属"长发迷"、"长发狂"，人却颇规矩，没有过分亲昵的举动。每一次分手，她在前，他在她身后，为了亲吻她的那动人的长发。他只是轻轻地搂抱她。

一年后，长发少女突然疏远了他，不但换了工作，也搬了家，改了电话。他为寻觅她而费尽了九牛二虎之力。才知她得了病，住在医院一个多月了。有天他没通知她，悄悄去探她，他看到那五六张病床上，其中一张躺着一个正熟睡着的少女，心中吓了一跳。那陷入枕头的头颅竟光光滑滑的，寸草不长！是什么病让她变成这样的？他黯然离去，百思不得其解。

　　几天之后，传来少女自杀的死讯。她给他的遗书上写着："……大量服药是要脱发的，我一早就全部剪下了，赠送给你。原谅我，我的病不能好了，先走一步。朋友，你会永远想起我，当你嗅起那一束长发时……"他伤心欲绝，收起柔柔长发，竟是终身不再娶。

逃出地狱门

这一推，猛然将阿奇推出了电梯门外。

阿奇整个人在刹那间感到很颓然，有一种被遗弃的痛苦。大厦高三十层，上班族们分别在不同层数的写字楼上班，至少要停八九次，降下来，再乘上去，肯定是迟到了！

二十九层的按钮亮着。有人在顶楼上班。惨了！

这幢大厦算新不新，算旧不旧。大约是十年历史的楼宇吧。电梯既小，又出奇的慢。不知哪个国家出产的。阿奇站在电梯门外，心急如火焚。眼看着电梯才上到第五层楼。

阿奇回想着刚才挤电梯时就生气。那时他已稳妥地站在电梯内靠门的边缘，就等着大门关上。焉知有人大喊"等等"，就冲了进来。

那是一男一女。他们一进来，超重的钟声就响了。那一男一女与他面面相觑，身子不动分毫。那意思是他们进电梯是进定了，不想出去。而他胖，是应该谦让的！就在他很不心甘情愿的情况下，他骂了一句粗口，跨出电梯门外。

怪就怪在那对男女加起来体重肯定比他重，他一走出去，超重的钟声居然不响了。

这时突然有个彪形大汉站在他身旁，见状忽然一闪，又钻入电梯。

阿奇心里感到好笑："这怎么可能？大汉比他还重，要是他行，自己肯定也行。"

他等着超重铃声响。可是奇怪极了，大汉也许具有什么轻功？铃声竟不响。

阿奇很是不服。那一对男女，和彪形大汉之所以能进入电梯，全是因为他谦让的结果。他是应该乘这趟电梯上去的！

情势已不容他思索，他又重新进入。

可是他一进电梯，铃声就大作。电梯内的人，包括那对男女和那位后来者——彪形大汉，都一动不动地，没有一个人想让出来。

他只好又狠狠骂了句粗口，又出了去。电梯似跟他作对似的，铃声马上停止！

虽是没人推挤他，但他感觉到电梯内似有几十只无形的手，在用力地推他！阿奇这时一边看手表，一边眼巴巴地看那关了门的老爷电梯从五楼、六楼不断升上去，又不断地停。升升停停。七楼、九楼、十楼、十二楼……十八楼……

二十一楼、二十三楼、二十四楼……

灯，突然灭了。阿奇在电梯旁拼命按键，电梯没有任何声响。轰——隆——一阵巨大的可怕声响！阿奇、管理员最初不知道发生什么事。直至管理员拿了手电筒从门缝照射下去，及直至大批警员杀到，才知道电梯从高空坠下，出了大事故。乘客无一幸免。阿奇回想起来仍觉诧异，刚才那一推，他竟被推出鬼门关！

铃声，莫非就是生命的警钟？

魂魄

　　老陈被辞后，据说当晚就抑郁死去了。可也只是"据说"而已，没有任何人能够证实。他的行踪素来神秘，性情又孤独落寞。被突然解雇，受不了刺激，几乎等于置他于死地，或只是一些人的希望和另一些人的想象而已？

　　他本身倒是清楚的。那天心神不定地收拾了杂物，老伴就在高楼底下接应他。太阳光强烈照射下，马路上商店、招牌、行人都摇摇晃晃，似乎都被一团团的阴影笼罩住。海上吹拂来的风，竟透着一股强烈的阴寒。他一路上什么都无法想。二十余年了，往返于打工的这幢大厦，已成为习惯，一种舒适的束缚，一种欲摆脱却又如中了魔的重复性程序。因此，既成的事实，也等于没有发生过一般。

　　第二天一早，他又上班去了。熟悉的大厦看更员跟他打招呼，他也回以一笑。他出现在公司，也没有人惊异，许多人并不知道他的事。走到打卡的通道，找了很久，已找不到他的卡片。怕是老眼昏花了，将数十张写上同事名字的卡片逐一细看下来，真是没有自己的卡了。过去他对这一套颇有些厌恶，嫌它麻烦，像掐住人咽喉那样掐住时间，为什么而今将它取消自己又感到不习惯，不舒服？人太奇怪了。他的座位邻近打卡箱，坐下来后，又痴痴地望向那成排的卡片发愣。终于控制不住了，他站起来走向那里，象征式地演练平时做惯的一系列打卡动作，总算平复了他那份似乎有什么尚待完成却没有完成的心事。

他胡乱地完成了案面上的日常琐事，没有任何一个人来过问他；发现写字台抽屉里仍有属于自己的对象，他又下意识地认为是应该带回去的，又一一放进一个早上从家里带来的手抽里。下班铃响，同事们都来打卡，也都看到他，没有任何特别的表情，其中一个见到他只和平时一样，吐出句口头禅："还不走？"

"我打完卡就走。"老陈隐隐约约中，认为不必这么说了，可是二十余年来说惯的话，还是像呼吸空气般自然溜出嘴边。到了楼下，已不见那帮叽叽喳喳的同事了，只有看更员依然如早上跟他笑，打招呼，问是不是直接赶回家看世界杯赛事。他闷葫芦般敷衍响应了句什么。

往后七八天，他都一如这一天，照样来公司上班。只是模模糊糊地，记忆起自己身上发生了什么，有一种紧迫感，他得离开这已不属于他的地方；但每一天，又如有神引，脚儿自然而然不能自控地，带他到这坐了二十几年的，连皮椅面破了几个小洞他都记得清清楚楚的位置。一坐下来。他就要处理一切有关纸片和文字的东西，一直将自己折磨到五时许下班铃响，他才感到了发泄和疲倦的快感。

十五天来处于一种神奇境地工作，朦胧中明白他迟早要在此消失，使他日日可以不发一言，头也缩在卡位中，通道上来往的人，也没问过他一句什么。尤其是他被辞的消息终于传来，大家也当他走了，不存在了。

半个月后的这一天，公司一位同事传播消息了，说老陈已被辞，当晚就死了，半个公司的人都在一边惊叹，一边议论纷纷。有的说，确已有半月不见他的影子；有的却说某几天见过他；有的坚持，半个月来，就看到他仍天天上下班，依然坐在自己的位置，只是脸孔总不爱朝人，看不到他的真面目，他整日不说一句话。没有卡片了的他，只像个悄然无声的上班族阴魂。

传闻传到了大厦那位看更。他言之凿凿，今天一早仍见到陈先生乘电梯上班，只是没看到他下来了。过去半个月却是天天见着的。

"他已被辞半个月了，据说半个月前那晚回到家就死了。"坚持老陈已亡的一派，竟拿出了一份老陈的老伴在报上刊的"讣告"。

看更员看后，脸色渐渐发白，蓦然想起了这十几天来老陈那阴沉失魂的神情，以及单薄的身子，还有跟他打招呼时，他笑容中那一份化不开的悲惨和不屈意味。

没有人再见到老陈，也没有人觉得有向他老伴打电话求证的必要。老陈的事，成了永远的谜，也渐渐从人们脑际中淡出了。

故地

　　这个地方他似曾相识，但已记不起什么时候来过。像是做梦一般，精神恍惚，心情不安。夜晚，那些熟悉他的人陪着他，沿着河岸走，他听到河水淙淙的声音，眼睛不禁有些湿润了。

　　"这是马河。"他们说。

　　记忆中就有过这么一条河。可是他已全然记不起，到底是过去曾经来过，还是从母亲口中知道它的存在？

　　记得河畔曾经有过一间香火很盛的大伯公庙。驼着背的祖母喜欢在初一和十五到这庙里上香。而今河畔已空荡荡的，什么也没有了。夜风轻轻拂动，拂来茉莉花的阵阵香味。小时候，他是多么熟悉这种花香。

　　"这小城，我肯定来过的。"

　　四旁的人都摇摇头，说这是他阔别小城几乎半个世纪之后，第一次来到小城。

"那怎么我好像很熟悉，知道这儿的一切？"他以十分肯定的语气。看到路旁有一间小屋亮着灯光，他们带他进了去。那是一个快九十岁的老人，他依稀知道此人与自己有血缘关系，好像称八伯的。

"你八伯母已不在了……"老人神情木然，对他一大把年纪来访小城似乎也没有太多的惊愕。

"在香港，工作、生活还顺利吧？"老人问他。一时之间触动了他的心事。事实是，离退休的"法定年龄"六十岁还有几年，他们就突然通知他，不要他了。他因年纪大的关系，已没有机构要他了。坐吃难免山空，他如今已不名一文。变卖了从前家里给他的首饰，跟了旅行团，游东南亚几个国家。在最后一站，他跟导游说，要自己行动了。

他从马河乘船，就来到这马河畔的小城。

当初为什么会做出这样一个决定，为什么会到这样一个名不见经传的小城，现在也不复记起。冥冥之中好似有谁在召唤他。

告别伯父，他们又带他上夜市。这儿的嘈杂声，在他听来，也是那么熟悉。

海风又紧了些。他们都劝他，夜里风凉，不如早点归去。他摇摇头，说是要再走一段路，看看夜景。等到他清醒过来，他才发现陪他的人都走了。他桌上的咖啡也喝到见底了。

"我到底来没来过这儿呢？如没来过，为什么又会选择它呢？"

他开始又沿河畔走了。"不如早点归去，"一路上他口中念念有词。这一晚，没人知道他走到夜里几点钟。

第二天清晨，有人发现他的尸体漂在马河上。他的八伯父来认尸，感叹道："他在此出生没几个月就离开了，想不到终于还是回来了！"

老家

"记得这是什么地方吗？"

霓驾着车，我坐在她一侧，当车子转入一条熙熙攘攘的马路时，突然问我。

我将视线转到车窗外，寻觅我可能熟悉的街景和事物。看不到任何华文招牌，也没有任何我熟悉的东西。三十多年了！也许当时我还小，也许那时我每日只专注骑自行车驶过，注意安全而不敢太过留心街景，我竟一点儿印象也没有。多年前，也只是匆匆，匆匆驶过，只留下匆匆一瞥。

只是街名没有改，嗯，我只记得街名，至死也记得的。这街用一种热带水果命名。

"要驶近一点看吗？"

她又问。我摇摇头。我真怕重睹旧景，心头流血。因为三十余年来，这让我度过最无忧无虑岁月的学校，一直在我心目中活着，伴一份温馨的回忆。我真怕一切已不在。

"在的，它还在。"霓说。只不过，传出来的已是另一种读书声，进进出出的已是另一种肤色的人。

我说："我已听过。那我们还是不要驶近。那流逝的日子徒让我伤感。"

霓将车子驶上哈奄乌禄。

那条芝利翁河还在。不久前，我还在她们女诗人的一首诗中，看到它被提及。

那时，我每天都要骑单车驶经这已近百年历史的人工运河。那时……

"霓，那时你在哪儿呢？我想那时你也在这同一城市里，在另一间学校读书。我读初中时你才刚上小学不久，是不？"

为什么我们今天——三十几年后才见面？而我们本是同一城市的人。

我在内心深处低低叹息。

霓为人聪明，猜测到我的思路想到哪里。

"你的根在这里。你注定要多次回来。"她说。

霓加足马力，我不知她要将车子驶向哪里。

"我带你到你老家看一看。"

"不要，不要。"我忙说，"我已没有家。我不敢想象，那里如今变得怎么样了。"

三十七年前，父亲曾在那家，如今他已不在，在另一个荒凉地安息。母亲早搬去香港。没有父母亲在的家，已不是家；换了主人的家，也已不是家。

"什么都没有了！"我说，"不要去。"

霓笑着说："你是重感情、十分怀旧的人。"

"为什么？"我不解地望了望她。

"没有一个人像你那样。他们来，旧地都要走一走，看一看，而你竟什么都不要。你怕勾起伤心的回忆，你怕触景生情，勾起一连串人事的不堪联想。"

霓终于将车子泊住，带我进了一家冰室。

她将我"呵护"得像个宝贝，使我这个男子汉不好意思。我真不知怎样感激她。

"感觉上，你一直没有离开过。"她说。"你把我们当亲人，我们也当你自己人。"霓又说。

一双绣花鞋

　　早晨七时许，芸姐起身，发现阿旗已不在身边。她吃了一惊，懊恼自己一夜睡得太熟，睡前也忘了将闹钟调校好，以致阿旗上班时间到，自己也没为他冲咖啡。晕沉沉走到门口，查看铁门的锁，没错，锁栓是拉开了，阿旗是赶着上班去了。

　　屋里弥漫着一股很浓的男人气味。已经不知有多少年，她对男人气息陌生。想到这儿，她感到脸上一片灼热，像被火烧着一般。想到哪里去了？大家没有多少年就都六十了。昨晚他虽然只是过夜，也没有做出什么，但能睡在同一床上，也就有了令人期待的开始。老林整天打短信捉弄她，前阵子她就干脆复了老林的玩笑，自己也觉得有点"惊世骇俗"："昨晚狂风暴雨，我跟他在荒山野林的破庙里过夜！"老林后来见到她面，对她说："读了你许多信、申请书、文章，这是你最好的一篇呢！"

想着，想着，芸姐又走回床边，手抓阿旗昨晚盖过的被子，一股强烈的男人体味袭着她，她下意识地将被子贴着脸颊和鼻端，嗅了嗅，那种热感又袭上来。

她望着铁门发愣。

忽然看到她那双绣花鞋，整整齐齐地摆在门内。她吓了一大跳。自从搬到这公屋里来，虽然变成了独居，不像与前夫、儿女同住时鞋子乱成一大堆，每个人都有好几种鞋：皮鞋、波鞋、凉鞋、拖鞋……四个人的鞋就很可观了，但那时空闲时还可收拾整理，反而现在，思想上认为可能从此探访她的人少了，不必那么整齐，因此反而比前更凌乱了。

阿旗真有心！出门前动都没动台上昨晚他来时带给她的鸡尾包，却不忘将门口五六双她的鞋子排得整整齐齐。

最注目的就是她常穿的、买了很多年的那双绣花鞋，不仅在众多黑灰褐色的鞋子中非常突出显眼，最让她感动的是：那鞋头对着铁门，开口对着屋内。这个阿旗的心真不简单，他连这一点都想到了。芸姐闭着眼，想象着阿旗在排好这双绣花鞋前的思想活动：……芸姐换下睡衣穿上外出的衣裙，走到门口，第一步的动作一定是在乱七八糟的鞋堆中寻找近日常穿的这双绣花鞋，那时她必定要蹲下身子，必须辛苦一番；第二步，阿旗把鞋排好了，第一次可能是将鞋头朝内，芸姐可能又要动用右脚，将大脚趾和二脚趾当铗子，把鞋掉转头，鞋开口对着屋内。这样，芸姐一走到门口，就可以直接将脚伸出、穿上鞋。又方便又舒服又直接……芸姐想着想着，轻轻地叹息，深深地感动。

望着这一双鞋，她的双眼眶竟有点儿发湿。蒙眬中，仿佛看到阿旗蹲在她脚跟前，深情地望着她。而她俯望着自己的脚，在一种下意识的推动下，竟慢慢地一先一后地将脚板伸进绣花鞋中。仿佛，她看到阿旗此刻正像鞋店的服务员一样，正努力协助她穿上。

活了这么大半辈子，她何曾享受过男人这一类贴心的服侍！真不明白他的前妻为什么会嫌弃他！也许嫌他穷？

她怎能忘记，她跟前夫的破裂，导火线也源于一双绣花鞋。

甜蜜的日子那么短暂！像是一阵狂风雨，猛然而来，呼啸而去。一双子女相继出世后，伴随着爱的厌倦，冷战就开始了。前夫嫌她爱买东西、花钱，将两人挣的钱分得清清楚楚。

忘不了，五年前发生的——

那天，她上街去，喜滋滋地买了双绣花鞋回来。这绣花鞋，若是全是布制的，不耐湿，芸姐看中是因为它中西合璧，既用布也用皮，结合得恰到好处，有传统的风格，又有现代的气息，价钱又不致太贵……没料到到家取给前夫看，他竟绷紧着脸，一言不发。

因她与女友有约，放下东西，又得赶紧出门，没料到刚要开门，就听到背后一声大怒吼："回来——！将市场的东西都买回来吧！你这败家婆！什么时候了！还穿着这种新娘穿的鞋！……"

芸姐回头看，见丈夫此刻像一头怒狮。还没听清他骂的每一字，每一句，只感到眼前很快飞来一个黑影，狠狠击中了她的左眼下的脸颊，痛得她直掉泪！

待痛感过去，才看清楚了：前夫将她刚买的那双绣花鞋当武器攻击她！

他已对她施出家庭暴力了！

一双绣花鞋，为他们的关系画上了句号。

她无法忘记那掉在自己脚下翻转的绣花鞋。前夫竟然借助她的鞋，用脚践踏她的脸！

收回思绪，她的视线转向自己的一双脚，此刻已整整齐齐地穿上了绣花鞋。忘了是自己穿上的，还是阿旗替她穿上的？忘不了的是今晨一早醒来，看到它们整整齐齐地并列摆在门口，等着她来穿的感动情景。她一直想象着今天早上他为她做这件事蹲下来的样子一定很美，很性感。

她无法再控制，满脸是泪。取出手机打了如下几个字，准备发短信给他。

第一句是：谢谢你，帮我摆好鞋。

第二句是：晚上为你煮了美味，过来吃吧。

第三句是：我换了新的床单了。

八号风球下

八号风球猛烈地袭击着香港这个小岛。

天色很暗,这一带木屋区在暴风狂雨之下,飘摇欲坠。这一天不用上课,朱明生老师的小房亮起了灯。

他正在全神贯注地伏案批改作业。可是风声、雨声、锌片屋顶的稀里哗啦声,声声入耳;孩子吵闹声、电视广播声、音乐声,也声声烦人。设在阁楼的这小书房,小得只能放一张写字台,坐一个人。他隐隐约约觉得屋子在摇,他分明看到屋顶震摇得快被掀开了。看看玻璃窗外,湍急的雨水迅猛地从山上向下流,那土坡正在蠕移,快要崩塌了……他轻轻叹一口气:"不会那么坏吧,不要担心。"他这样安慰自己,继续批改学生作文。

刚改了一本,他又胡思乱想:"这住的迟早要搬……"

朱老师入校任教不久,家里大小口有许多张,太太身体不好……教师应有的那些好待遇,他还没享受到。

此刻，他又强作定神，打开另一本作文簿。

　　作文题目是规定的："八号风球下"。就在一星期前，八号风球袭港，他给同学们出了有关八号风球的作文题，要他们谈些看法和感受。那么巧，今日又是八号风球。

　　有好几位同学都写得不错，他们目光远大，胸襟宽阔，朱老师读了深受感染，给他们打上不低的分数。……这时，翻到新一本，他读到的头一句就这么写着："八号风球真好，又不用上课了。"他正欲读下去，忽听得玻璃窗噼里啪啦一阵响。抬头一看，玻璃窗已被震裂，碎片纷纷散落。朱老师慌得抓住一片方板，挡住那窗口玻璃破碎处。

　　他继续读那篇作文："每当八号风球来到，我喜欢睡懒觉。要不然呢，就听听音乐……"读到这儿，朱老师又被一阵巨响所打扰。屋外的狂风这时大施淫威，猛然一刮，将一片锌片刮到阴沉的天空去了。雨，从那露天的一角扑进。"屋破得这样了，毫无办法可想。"朱老师想，继续看那篇作文："要不然呢，我喜欢看看窗外风景。八号风球下的海真有气势，真美啊！"

　　看到此，朱老师不能不翻看写这篇作文的学生的姓名了。一看，是洪成平的。他记起了，他的家住在浅水湾畔那一列三四层高的别墅群之中。"我该给他打几分呢？"朱老师知道洪成平的父亲并不好惹，常为儿子学业的恶劣怪罪老师。

继续读下去："八号风球下的窗外风景，雄壮美好！"刚读完这一段，朱老师抓笔的手停在半空，就听到楼下妻儿凄厉的尖叫，他看到窗外，泥坡向下塌去，一股很大的泥流迅猛地朝自家滚涌而来……

附录

东瑞微型小说的执着探索和创新发展

——兼论《小站》里的"最后一个"形象

刘海涛

  东瑞近两年来的小小说比起他三年前、五年前的小小说创作又有了跨越式的创新进步。三年前，他在小小说集《相逢未必能相见》里对香港这个国际大都市中平民百姓的人性美和人情美，对现代商业社会里的人性丑和无情相都有过出色的小小说艺术描写。如今《小站》集中的五十篇作品在这两方面的小小说艺术探索中，更有了让我们惊喜和兴奋的创新发展和对小小说文体的深度探索。这首先得益于东瑞创造了香港这个国际大都市在转型期里的"最后一个"形象的审美体验和审美发现上。

  《转角照相馆》是个典型的小小说文本。丘老板的"转角照相馆"一百多年来，在父亲的那一代曾经辉煌过：他父亲用老式的蒙头摄影机帮助电影公司的老板和导演，发现、挖掘和培育了很多个明星、童星，并引发了很多做"明星梦"的少女争先恐后地到"转角照相馆"照相的盛况……但是当

188

数码摄影技术和产业兴起后，"转角照相馆"便风光不再。"转角照相馆"和丘老板就是香港照相业"最后一个"的典型代表。东瑞用了一种充满悲伤、无比怀念的复杂微妙的情感写活了丘老板在事业、人生的最后日子里那些让人心酸的生活细节。"照相馆"意象和丘老板形象是时代转型和生活发展的必然产物，这些意象储满了太多的历史内容和审美情感。东瑞敏锐地发现了它们、体验了它们，又用了文学的情感去孕育它们，用小小说的机智构思去表现它们。尽管在《转角照相馆》的结尾里东瑞非常出人意料地写出政府用了一千万港币收购了文物般的"照相馆"这样一个较为光明、并让人释怀的结尾，但这篇作品的艺术发现和小小说的智慧构思让我深刻地感受到了东瑞作为机智的老作家能智慧地运用小小说文体的特定技巧，去表现生活和历史的那种沉重，表现复杂情感的现代价值，这就使东瑞近期的小小说包含有历史与现实的双重意蕴和审美与审智的小小说深度立意。

从这个视角，我可以数出东瑞很多篇小小说中的"最后一个"形象和复杂厚重的小小说审美情感。《金厕所和半世纪唐楼》里那座最后在"金厕所"典礼后倒塌的"唐楼"，就是东瑞小小说中"最后一个"形象。它和"金厕所"不同待遇、不同命运就是当代社会转型中人们另一种价值观的概括。《惊喜悼文》里那对九十余岁的田家父母想到了自己一大群在海外工作的儿孙们没有谁会用文言来写悼文，他们早早地在离世前五年就写好四份给自己和老伴的追悼会用的悼文。这四份悼文也是"最后一个"形象的具体概括。《婚纱》的小小说故事我理解为那对高龄夫妇最后拍摄的穿婚纱和西装的遗照，也是老年人情感生活中"最后一个"的形象写照。

从这个视角，我更为欣赏《小站》《雪夜翻墙说爱你》这一组纪实小小说。这一组写"我"回忆、叙述四十多年前自己的初恋爱情。我把这个小小说中的"我"基本上等同于作家，于是这一组初恋爱情故事因为它的真实、非虚构而更能拨动读者的情感心弦。东瑞在创作这一组回忆性的纪实小小说时，非常智慧、非常经典地提炼出了这组纪实小小说的"动作性＋传奇性＋情感性"的高质量核心细节。"我"在那个大雪纷飞的小车站，围着围巾、戴着手套站着迎接热恋中终于出现的表妹；"我"在北国城市里，每天临近半夜为见"恋人"，举着单车翻墙而过。这些细节有着较为直观的动作性，在作家的脑海里几十年都在熠熠生辉；这些细节同样极富传奇色彩，我们有谁还经历过这样的"举单车翻墙见恋人"、"风雪站立站台十几个小时等情人"的个性化细节？这些细节还蕴涵有人类爱情生活中让人难以忘怀，甚至让人付出生理和身体代价的"情感元素"。这些在作家脑海里孕育的，也是今天八零后、九零后以至零零后的年轻的人们所无法理解、无法想象的爱情方式和爱情内容。那个时代、那种方式、那种内容的纯美爱情，在今天的现代化商业社会中，难道不具有了"最后一个"的内涵吗？这些过去时代的、今天的社会中不可能重现的纯美的圣洁的爱情，也仍然为今天的青年人所缺少的，是今天的文学创作中很可审美的题材。东瑞把他孕育了几十年的独特的爱情故事、爱情细节，用小小说文体把它们贡献出来，并用一种非常文学化、人性化、审美化的纪实小小说的语言来诉说出来，我认为这可以比作"小小说"中的《山楂树之恋》。东瑞这一类"小小说"中的《山楂树之恋》的爱情故事，就是他的小小说文体的创新发展的履迹，也是他对"纪实小小说"新写法的一种难能可贵的贡献。

东瑞表现"最后一个"形象的小小说还有着非常新颖的，有着很强的创新、实验的艺术形式和艺术探索。小小说《苹果》的核心细节是由"我"与"五十岁恋人"在香港、与"二十二岁恋人"在北国、当时恋人只有七岁时在南洋分吃苹果的细节构成，三个生活片断由近推远，都由"分苹果"这一个细节联结，爱情的诗意在这种重复的、延伸式的细节中得到有力的渲染。《三病者》由三个异形同质的案例组合，它的故事底蕴和小小说立意：名誉、金钱、权力竟是现代商业社会中"治病的良药"，这个构思是机智的，它的立意却一针见血地击中痼弊。那篇《未经整理的婚姻史》初看，好像是多个性爱的片段杂乱组合，但我的理解：东瑞构思的实际上是对传统社会里"最后的爱情"——"钻石婚"的映衬和赞美。

东瑞近年来的小小说创新之作概括着香港这个国际大都

市里各个生活层面的真相和本质，尽情渲染着、讴歌着潜伏在人性深处的美德和爱情，他为香港当代文学史贡献了自己的艺术探索和小小说文体理想，并影响着东南亚一线作家的小小说创作发展。